国家出版基金项目
NATIONAL PUBLICATION FOUNDATION

孫燕京　張研　主編

社會·社會成員

怎樣實施公民訓練

抗戰建國綱領研究——民衆運動篇

小組的運用

團士須知

民衆團體

大象出版社

世界最佳情爱小说

我的吻落下，快乐如火炭

柳鸣九　主编／鉴评

河南文艺出版社
·郑州·

柳鸣九
主编 / 鉴评

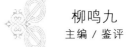

柳鸣九，1934 年生，湖南长沙人，毕业于北京大学西方语言文学系。中国社会科学院外国文学研究所研究员，中国社会科学院研究生院外国语言文学系教授、研究生导师，曾任中国法国文学研究会会长、名誉会长。

在法国文学史研究、文学名著翻译等领域，均有很高的建树，并主持多种大型丛书、套书编选工作，是本学界公认的权威学者、领军人物，以卓有学术胆识著称，并享有“著作等身”之誉，对人文知识界有较大的影响。其论著与译作已结集为《柳鸣九文集》（15 卷），约 600 万字。2006 年，荣获中国社会科学院最高学术称号：荣誉学部委员。

CONTENTS
目 录

相册的一页

[英国] 凯瑟琳·曼斯菲尔德
钱满素 译

作者简介

凯瑟琳·曼斯菲尔德（1888—1923），英国著名短篇小说家。生于新西兰的惠灵顿，十四岁到英国，就学于牛津大学。此后，主要在英国度过她短暂的一生，三十五岁时因肺病死于法国。

曼斯菲尔德的第一本短篇小说《在一个德国的公寓里》于1911年问世后未受到重视。1917年在第一次世界大战的刺激下，她发表了《序曲》，怀念童年时代在新西兰的自由生活，开始显示自己的风格。其后为墨雷（她后来的丈夫）主办的杂志撰稿，兼写小说评论。1920年出版《幸福集》，确定了她的文学声名和艺术风格。《园会集》为其创作的高峰和代表作。死后发表的遗作有短篇小说《鸽窠集》《幼稚集》《诗集》，评论集《小说与小说家》以及墨雷为她整理出版的《日记》《书信集》等。

曼斯菲尔德大都以资产阶级的家庭生活和上流社会中的失意事为小说题材。她在揭露资本主义社会中人与人的关系时，总是对劳动人民满怀同情之心。

曼斯菲尔德在艺术上受契诃夫的影响，但她在创作中也逐渐形成了自己富于诗意的独特的散文风格。她观察敏锐，笔墨细腻，注重人物内心世界的描写和心理分析，叙述时常带有扑朔迷离的气氛。她对短篇小说的发展颇有贡献和影响。

他真是一个乖僻的人，实在太腼腆了。自己完全没有什么可说的，还是别人的负担。只要他一跨进你的工作室，从来不知道什么时候该走，老是坐啊坐啊，你都快嚷起来了。当他终于红着脸出去的时候，你恨不得把像龟形暖手炉之类的大家伙扔到他背上去。奇怪的是，初见之下他显得十分有趣，每个人都这么认为。晚上你踱进咖啡馆，就可以看见一个黑瘦的少年坐在角落里，面前摆着一杯咖啡。他身穿蓝运动衫，外面一件灰色的小法兰绒上衣扣得紧紧的。不知怎么回事，那件蓝运动衫和袖子太短的灰上衣使他看上去像个打定主意逃到海上去的少年。他跑了，其实是他一会儿就要站起身来，把那条打上结的头巾吊在手杖的一头，那里面包着睡衣和妈妈的相片，他踏进黑夜，被吞没了……在向船只走去时，他被绊倒在码头边上，甚至……他一头短短的黑发，灰眼睛，长睫毛，白白的面颊，噘着一张嘴，好像他决心不哭出来似的……谁能拒绝他呢？唉，瞧着他这副模样，人心里就揪得慌。而且，好像这还不够似的，他还有红脸这一招……每当侍者走近，他便飞红了脸——他很可能才出监狱，而侍者晓得其中底细……

“他是谁？亲爱的，你知道吗？”

知道，他的名字叫伊恩·弗伦奇，画家。他们说他聪明极了。有一位开了个头，她像母亲那样温情地关怀他，问他隔多久能听到一次家里的音讯，床上有没有足够的毯子，一天喝多少牛奶。可是当她上他画室去看看他的袜子时，把铃按了又按，虽然她可以发誓明明听到里面有人喘气，但就是没人开门……毫无办法。

另外一位认定他该谈恋爱了，她把他叫到自己身旁，管他叫“孩子”，凑过身去，让他能闻到她头发上迷人的香味；挽起他的手臂，告诉他一个人只要有胆量，生活会变得多么精彩。一天夜晚，她上他画室去了，把铃按了又按……毫无办法。

“这可怜的孩子真正需要的是彻底的振奋。”第三位说。于是他们就去咖啡馆、酒吧间、小舞会，去那些地方你喝一种味道像罐头杏汁的东西，但一瓶要二十七个先令，美其名曰小香槟。其他一些地方是说不出的令人毛骨悚然，你坐在那儿沉浸在可怕的忧郁之中，那里前一夜总有人被打死，但是他却全然不动声色。只有一次他酩酊大醉，然而并不因此放浪起来，倒是僵僵地坐着，脸上两片红晕。亲爱的，对了，就像他们表演的拉格泰姆那玩意儿里的死人样子，活像一个“破娃娃”。不过，当她把他送回画室时，他已经差不多清醒了，在下面街上就跟她说了“再见”，好像一起从教堂走回家那样……毫无办法。

天知道尝试了多少次——女人们的仁慈心肠可真是难以去掉——她们终于放弃了他。当然，她们还是非常可爱，邀请他去看戏，在咖啡馆里跟他说话，但仅此而已。人当了艺术家根本就没空和那些不会反应的人打交道，可不是么？

“另外，我真感到这里有鬼，你看呢？他肯定不会像看起来那么天真无邪！你要是想做田野里的雏菊，又何必跑到巴黎来？不，我倒不是怀疑，不过——”

他住在一幢俯瞰着河面的倒霉相的高楼顶层。这些楼房在雨夜和月夜看上去很富于浪漫色彩，百叶窗闭上后，笨重的大门和“小套间即待出租”的招牌凄凉地闪烁着，言语难尽。这些楼房整年间都散发着不浪漫的气息，看门人住在底层一间玻璃房里，裹着一条脏披巾，在平底锅里搅拌着什么，舀起些零零碎碎的东西给那只肥胖的老狗吃，它懒洋洋地躺在镶珠坐垫上……画室高高在上，望出去景色好极了，两扇大窗对着水面，他可以看到大小船只漂上漂下，小岛四周种着树木，像圆圆的花束。从侧面的窗口看过去是对面一幢房子，比这幢还要寒酸，还要小；楼下是一个花市。你能看到很多巨大的伞顶，鲜花像流苏一样从下面敞出来。货摊被条纹布的遮篷掩盖着，那里卖种在盆里的植物，赤陶坛子里种的是一簇簇湿漉漉闪着光的棕榈树。花丛间老太太们像螃蟹似的从这边赶到那边。确实，他没有必要出门，如果他坐在窗口一直待到白胡子长到窗台上，他还是能找到可以画的东西……

要是那些温柔的妇女真能硬是把他的门打开，一定会惊讶不已。因为他把画室保持得井井有条，每样东西都摆得很有格局，就像是一个小小的“静止的生命”——带盖儿的平底锅挂在煤气炉后面的墙上，鸡蛋缸、牛奶罐和茶壶放在架子上，书，还有一只有波浪形纸灯罩的台灯放在桌上。一条红豹子花样褶边的印度床罩白天盖在床上，当你躺下时，床边墙上和你眼睛平行的地方有一张整洁的字条：“立即起床”。

几乎每天都是如此，光线好的时候，他拼命作画，然后做饭，收拾房间。晚上去咖啡馆或者坐在家里看书，要不就列出一张最复杂的开支单，起头是“我能够用什么来买这些东西呢?”末尾是一句誓言：“我起誓下个月决不超出这个数目。签字：伊恩·弗伦奇”。

这里面没多少鬼；但那些有先见之明的女人是很有道理的，事情还没完呢。

一天晚上，他坐在侧面的窗口旁吃梅脯，把核扔到下面冷落花市的大伞顶上。天一直下着雨——当年第一场真正的春雨下来了——所有的东西看上去都亮晶晶的，空气里一股萌芽和湿土的气味。暗淡的空中传出许多没精打采或心满意足的声音，过来关窗和上百叶窗的人们没有把窗关起来倒把身子探了出去。楼下花市里的树木绽出了雨点似的青芽，这是什么树呢？他纳闷。灯光亮了，他凝视着路对面的房子，这幢破旧的小房子。蓦地，就像回答他的注视似的，两扇窗门打开了，一个女孩子拿了一盆黄水仙走了出来。她是个瘦得出奇的姑娘，围着黑围裙，一条粉红色的头巾裹着头发。她的袖子差不多挽到了肩头，纤细的胳膊在黑色的衬托下亮晃晃的。

“是啊，天气真够暖和的了，对它们会有好处。”她把盆放下，转身对屋里的人说。她转身时伸手把几绺头发塞进头巾里。她望望下面空荡荡的市场，又看看天空，但是他坐着的地方很可能是个空中的洼地，她压根儿没瞧见对面的房子，接着便消失了。

他的心儿从画室侧面窗口摔了出来，落下来掉在对面房子的阳台上——把自己埋在半开的花蕾和尖尖的绿叶底下那个黄水仙盆子里……连着阳台的屋子是间起居室，旁边那间是厨房。他听见她晚饭后洗碗碟的咔嗒声，后来她走到窗边，在窗台上敲打那把小洗碗刷，再把它挂在钉子上晾干。她从来也不唱歌，也不把头发散开来，或者像一般女孩子那样把手向月亮伸去。她老是围着黑围裙，一条粉红色的头巾系着头发……她跟谁住在一起？没有任何别人走到窗前来过，但是她又老是对着屋里的人说话。他肯定她的母亲是个病人，她们在家接点针线活干。父亲去世了……他曾经是个新闻记者——苍白得很，长长的胡子，一绺黑发挂在前额上。

从早忙到晚，她们只挣到一点最起码的生活费，她们从来也不出去，没有一个朋友。现在，当他在桌边坐下时，他必须写下完全不同的誓言——“不准在规定的时刻以前走到侧面窗口去。签字：伊恩·弗伦奇。”“在把一天的画具放下以前不准想她。签字：伊恩·弗伦奇。”

情况很简单，她是他唯一想了解的人，因为他认定她是和他同年龄的唯一活着的人。他受不了咯咯傻笑的姑娘，对成年妇人来说他也毫无用处……她跟他一般大，她——是的，正像他。他坐在昏暗的画室里，疲惫无力，一只手臂吊在椅背上，眼巴巴地望着她的窗口，想象自己和她一起在那儿。她脾气可真暴；有时候跟他吵得不可开交，她惯于跺脚，双手还在围裙上绞着……大发雷霆她难得笑，只有向他说起自己从前养的那只滑里滑稽的小猫时才会笑。那只猫只要给它肉吃就会装成一头狮子似的吼起来，那种事情才能引她发笑……但是通常他们坐在一起安安静静，就像现在这样坐着；她把双手叠在膝上，把脚藏在下面，悄悄谈着，或者劳累一天后默默无言。她当然从来也不过问他的画儿，他呢，当然也给她画了最美妙的画儿。她恨那些画，因为他把她画得又瘦又黑……但是他怎么才能认识她呢？这样也许会拖上好几年……

后来他发现她每星期有一个晚上要出去买东西。连着两个星期四，她来到窗前时围裙外罩着一件老式的披肩，手里提了个篮子。从他坐着的地方看不见她房子的大门，可是在第三个星期四晚上同一个时间，他抓起帽子就跑下楼梯。一种可爱的粉红色亮光笼罩着每一样东西，他看见河面上闪着粉色，向他迎面走来的人们有着粉色的脸和粉色的手。

他倚在自己的墙边等她，至于准备干什么，或者说什么，心中全然无数。“她来了。”他脑子里一个声音说。她迈着轻悄的小步，走得非常快，一手挎着篮子，一手把披肩捏到一块……他能做什么？他只能跟着……她先走进一家食品店，待了好大一会儿，又走到肉铺，排队买肉。接着在布店里配料子，花了很长时间，再去水果店买了个柠檬。他望着她的时候比以往任何时候更确信他必须认识她，现在就得认识。她的沉着，严肃，孤独，她走起路来那种急于同成人世界一刀两断的神态，对他说来都是那么自然，那么命中注定。

“是啊，她总是这样，”他自豪地想着，“我们和这些人毫不相干。”

可是她已经在往家里走了，他又离得那么远了……她一下子走进乳品店，他隔窗看见她正在买一个鸡蛋。她那么小心地把它从篮子里拿出来——一个棕色的、样子很漂亮的鸡蛋，换了他，也会挑这个的。她一出店门，他就走了进去，没多久，又走了出来，跟着她走过花市对面自己的房子，在很多大伞中间穿来穿去，踩着落花和花盆放过后留下的圆圈……他轻手轻脚地进了她的门，跟上了楼梯，小心翼翼地和她踏着一样的步子，好让她不注意。最后，她在楼梯平台上站住了，从小包里掏出钥匙。正当她把钥匙往门里插去的时候，他跑了上来，正面对着她。

他的脸涨得比平时更红，但是很严厉地看着她，差不多有点发怒地说：“对不起，小姐，您丢了这个。”

他递给她一个鸡蛋。

鉴评：你一半是男人，一半是梦想

这篇小说只是写一个爱情故事的开端，在小说的结尾，男女主人公才第一次见了面，说上了一句话，结果是什么呢？我们虽然可以猜测、预料，但作者已无意向读者再讲下去了，甚至未留下任何有关后话的伏笔。

为什么要写这样一个没有爱情行动和爱情发展的故事呢？它是否称得上一篇爱情小说？如果以故事情节而言，似乎作者根本没有写的必要。因此，只从故事性的角度，显然是无法理解这篇小说的价值的。其实，作者要写的，也的确不是一个爱情故事，而是要写作为一种纯真感情的爱情，要写出爱情的纯洁、天真，写它的超功利性，它的“一尘不染”。

这个短篇中的主人公是个年轻的画家，长得令人怜爱，生活不富有，除了聪明和年轻外，别无任何其他的财富；他招了资产阶级妇女的喜爱。但是，这个青年画家从没有接受资产阶级妇女呈送到他面前来的“艳福”。做过尝试的妇女倒不止一个，有的“像母亲那样温情地关怀他”，有的“让他能闻到她头发上迷人的香味”，有的用灯红酒绿的生活来引诱他，但他都一一拒之门外，简直叫这些妇女“毫无办法”。按照那个社会现实中的常情，他未免显得有些“怪僻”，而且，他似乎还只是一个情窦未开的少年，从来还不知道爱情为何物。你看，他的生活虽然贫寒，然而整齐清洁、井井有条，他那些律己的誓言，流露了他那种十足的孩子气；他那有规律的生活，表明他除了勤奋作画以外，并无其他的追求，从这样一个人的生活和精神状态来看，似乎他还远远没有到产生爱情之类感情的时候。

但是，伊恩·弗伦奇又并不是天真纯朴到了幼稚无知的程度，对于那些有所企图的资产阶级妇女，他可心中有数，从不迷糊；而且，他也并非情窦未开，与爱情绝缘，他拒绝了那么多可以带给他这种那种现实利益的妇女，却几乎是一见倾心地就单恋上一个贫寒的少女，她瘦得出奇，与卧病不起的母亲相依为命，每天要为生计而操劳，在她身上，没有少女的欢乐，也没有少女的情致与诗意，而他偏偏一见到她就爱上了。他的爱情被作者写得非常简练而又充满了情趣，请看，只有着墨不多但表现力极强的三处：他头一次从楼上看见对面的房子里有这个衣着寒酸、瘦弱可怜的少女，“他的心儿就从画室侧面窗口摔了出来，落下来掉在对面房子的阳台上”；然后，我们又读到这样一小段描写，“现在，当他在桌边坐下时，他必须写下完全不同的誓言——‘不准在规定的时刻以前走到侧面窗口去。签字：伊恩·弗伦奇。’‘在把一天的画具放下以前不准想她。签字：伊恩·弗伦奇’。”；再就是他追在她身后的时候，“他抓起帽子就跑下楼梯。一种可爱的粉红色亮光笼罩着每一样东西，他看见河面上闪着粉红色，向他走来的人们有着粉色的脸和粉色的手”。

为什么对不同的异性有如此相反的态度，这是一种什么性格？作者以出色的描写，做了令人信服的交代：年轻的画家把这个孤苦瘦弱的少女视为自己的同类，与那些对他有所企图的人完全不同、毫不相干的同类，他并不稀罕那些资产阶级妇女献给他的享受，而宁可想象着他和这个少女将来如何过着一种并不是充满了欢乐和光彩，既有恬静的愉快也有矛盾和忧虑的家常生活，正像卖火柴的小女孩所梦想的最美好的事物只是取暖的火炉和充饥的晚餐一样，伊恩・弗伦奇的理想不过是与那个少女去过清寒的日子而已，因此，他就以能认识她为自己眼前最大的幸福。当然，作家的精彩之笔是在最后，当他通过最后那个情节和人物最后那句话，使这个年轻人那种情急、憨厚、腼腆、可笑的神态跃然纸上的时候，他也就完成了对一个纯真的性格和一种纯真的感情的描绘。对于一篇爱情小说来说，这已经足够了，他还有什么必要再添一个字而不戛然而止呢?

初恋

[日] 武者小路实笃
高慧勤 译

作者简介

武者小路实笃（1885—1976），是日本近代文学史上有较大影响的文学流派“白桦派”的代表作家。他早期受托尔斯泰思想的影响，后来办过农场，为实现自己的理想，曾创建乌托邦式的“新村”。他的作品，淳朴率真，充满美好的感情和对理想生活的追求，具有积极向上的乐观精神。他在作品中毫不掩饰地表现自己，剖析自己，以求道德上的自我完成。不少作品都是他思想和人生观的直接表述。主要作品有《忠厚老实的人》《不见世面的人》《初恋》《友情》等中、长篇小说，以及《妹妹》和《一个青年的梦》等剧作。

我初恋的女子，我称她为“第二母亲”。现在，我把有关她的事，东鳞西爪地写下来。

在《忠厚老实的人》那篇小说里，我叫她月子，尽管她的事写得不多。后来，在《某日的梦》里，又叫她隆子。里面的回忆，全实有其事；主观上的一些感受，也是当时的真情实感。

《A与命运》那篇剧作里，她也叫隆子，偶尔出了一下场。而《忠厚老实的人》里女主人公隆子，并不是我现在要说的那个女子的名字。我初恋的女子，她的真名叫贞子。

我曾在《不见世面的人》里提到，“我认识一个美人儿”，指的也就是她。两三年前，有个朋友随我去她丈夫家。拜识芳颜之后，那位朋友对我说：“一想到日本竟有这样的女人，我的人生哲学也非改不可了。”还说：“首先，她的声音便非常悦耳。”这个朋友的话，或许带点夸张，但是，就我来说，她却使我对人生的看法有了改观，把我造就成一个新人，赋有新的人格。所以，在《生日的妄想》和其他一些文章里，便把她称为我的“第二母亲”。

贞子第一次从大阪到东京来，是十四年前的事，那时我刚十六岁。打那以后的三年里，除了暑假，贞子就一直寄宿在我伯母家。伯母他们住在我家厢房里。后来，也就是距今十一年前，在我十九岁那年，贞子便返回大阪自己家了。贞子比我小三岁。

贞子回大阪以后，我还有缘见过她两面。一次是贞子到东京来我家里。还有一次是我去北海道，到贞子丈夫家去看她。

贞子来我家是七年前，那时她已经是人家的妻子了。我去看她，是在两三年前，她那时有两个孩子，如今竟是三个孩子的母亲了。我同贞子分手之后，曾经爱过两个女人，到去年也娶亲成婚了。

关于贞子的回忆，都是一些片段，零零星星的，前后日子也记不大清了。记错的地方恐怕也不少。

大概是三四月里的一个黄昏，我和哥哥一起走出家门，向左转弯，朝邮筒走去。遇见伯母带了两个姑娘迎面走来。我心想，这准是他们说的那两个姑娘了。我出于好奇，打量起她们俩。无奈天色苍茫，容貌看不真切。也许我那时眼睛有些轻度近视，自己又没有意识到，所以才看不清也很难说。

事先听伯母说过，大阪有个商家的两个女儿要来，便挺好奇，一心巴望她们来。等到看见这两个姑娘，便猜想，大概就是她们了。

本来我就常常去伯母家玩，所以同那两个姑娘很快就熟了。她们是姐妹俩。姐姐叫静子，比我小一岁。妹妹就是贞子。姐姐有些矜持。妹妹却很可爱，人人喜欢。姐姐虽然长得也很标致，但是妹妹出落得亭亭玉立，更见丰艳俏丽。我之所以觉得贞子长得美，也是有一天无意中听见母亲和伯母闲谈，说妹妹那模样真是俊，才那么觉得的。不久，我也确实认为贞子是个美貌的姑娘了。

先前，我曾偷偷喜欢过一个俊美的男孩，从不曾爱恋过什么女人。然而，不知从什么时候起，我竟爱上了贞子。差不多天天上伯母家去看她。

我一向懒散，性急，不大安静，不能安安生生坐在书桌前，常惹母亲生气。自从心上有了贞子以后，我的性情就越发沉静不下来。我惴惴不安地上伯母家玩，竭力不惹人讨厌，也不露声色，找机会跟贞子搭讪几句。我觉得叫人看出自己的心思，很难为情。因此，为了不让人察觉，我跟谁都亲近。若是我同贞子说句话，必定也和静子讲上一句。我去伯母家，大家对我很客气。而在家里，当着哥哥的面，就轮不到我。可是一到伯母家，就数我大了。

哥哥招呼我一起去散步时，我总想法推托，好自个儿上伯母家去。有时甚至早中晚，一天去三次。早饭前，我装作在院子里散步的样子，走到伯母家的廊檐下。静子、贞子和比贞子小一岁的堂妹，全在那里梳头打扮。我便在那里同她们三人说说笑笑，讲些孩子气的话。白天放学回来，在书桌前刚坐上一会儿，便装作读书读厌了似的，走到院子里去散心。并且算准贞子在家的时候，到伯母那里去。贞子和静子到东京来，本来打算进贵族女子学校，因为没有空额而未去成，就进了设在我家附近的实践女子学校。姐姐上三年级，贞子原该念一年级，因为成绩超过了年纪，所以上了二年级。过了一些日子，贞子听伯母的话，和堂妹一起去学起什么“谣曲”来了。所以，放了学便先上谣曲先生那里，有时回家便很晚了。

我常为此暗自生气。心里以为她大约回来了，可是到伯母家一看，却只有静子一人在绘画或做别的。静子不喜欢谣曲，常在家里画画。我一面和她聊天，一面等贞子回来。等得心神不定的样子。心里总在嘀咕，人家会不会觉得自己来得太勤了呢？会不会嫌自己老是安坐不动呢？母亲和哥哥不会觉得自己太懒惰吗？尽管如此，我还是等着。可是在等的工夫，觉得这个等法，就跟个女人家似的，不免生起自己的气来。倘若贞子不愿理我，那就随她的便，我也不去理她。继而寻思，我在这里干等，她在做什么呢？心里便很孤寂。有时还瞎担心，生怕她在什么地方出事受伤。经常拿不定主意，不知是回去好，还是再等一会儿好。到了没法老着脸皮再待下去的时候，只好回到自己房里。可我一门心思，只顾注意我家门外和伯母家之间院门开关的声音。实在坐不住了，便若无其事地走出门去张望。直到贞子穿着实践女校怪模怪样的校服出现在拐角之前，我总要在门口进进出出几次。一旦看见她本人，我才能安下心来，没事人似的进自己房里。

吃过晚饭，找个机会，又溜到伯母那里。只要贞子挺高兴地同我说话，方才一肚子闷气便全都烟消云散了，又欢快了起来。过了半晌，这才狠狠心回房看书，仿佛补偿方才的过失似的。

有时候，趁贞子在房门外擦皮鞋的工夫，若无其事地去找她聊天。能痛痛快快讲上一通话，回家的时候便情志昂然。

星期天是我最快乐的日子。

正因为如此，那天倘若贞子有事外出，我便会愤愤不平，感到寂寞，而且生气。

我还怕哥哥星期天喊我出去郊游。他叫我，我没法拒绝，只好一起出去，但是一点兴致也没有，心里尽惦着早些回家。

我生病的时候，听见贞子唱得很起劲，或是笑得很开心，便有些怪怨。静子和堂妹她们兴致高，我不以为意，我只希望在我不舒服时，贞子能关心我一点。

只要我病好一些，起得了床，便想去找贞子。母亲说不要出去着风，我听了就不高兴。即使母亲生气，我也不在乎，硬是出去找贞子。贞子见了问我："你病好了吗?"我方才还在怪怨贞子的事，一股脑儿全忘在脑后，觉得很高兴了。

我本来就没有什么朋友，放了学便径直回家。有个堂妹，我上学下学的路上常碰到。她说见我走路的样子，替我难为情。因为我走得太急，伸着头，曲着身子，回到家里气喘吁吁的。我差不多从来不上同学那儿去，他们也几乎不来找我。自从贞子来了之后，我就更加不需要什么朋友了。

暑假里，我照例到金田海边去。贞子和静子也到金田住了一个来星期，不过她们的住处离我那里有一里多路。即或偶尔来玩，也总是和其他堂兄弟堂姐妹在一起，我们几乎没有无拘无束谈话的时候。过不多久，她们便先回东京，然后返回大阪家里。

将近九月初，我也回家了。以为贞子已经回到伯母家里，心里挺高兴的，谁知还在大阪没回来。我感到百无聊赖，天天盼她回来。我不好意思去问伯母，她们几时回来，只好一个人闷声不响地等。过了五六天，还没回来。我心里寻思，难道她们不再回东京了吗？不知怎的，我老觉得她不会再来了，心情很愁闷。可是，过了十来天，她终于回来了，还亲热地跟我说这说那。我放下心来，感到愉快。每天傍晚，我算好时间，到院子里散步，走近伯母家，那时贞子、静子和堂妹大抵也都在外面。我跟她们一起唱歌，大声喧闹。我们家的屋子地势稍高，下面人家的孩子时常起哄说：

"男孩子还跟姑娘们一块儿唱歌哩!"

我一个人在女孩子群里混，哥哥比我大三岁，不与我们为伍。我成了她们的头，又是跳绳，又是捉迷藏。

每年春秋两季，学校里都组织远足。我差不多回回都去。可是那年秋天，却借故请了假。不消说，自然因为和贞子分离三四天觉得受不了。不去远足固然好，不知怎的，心里又有点惭愧，觉得自己没出息，尽厮守在贞子身边。我简直感到羞耻。于是，我好不容易请假不去远足，却又借口去休养，前往金田。在金田住了将近一个星期，离开贞子的时间，反而比去远足还长，真是后悔莫及。

不久，到年底放寒假了。对我说来，最快乐的时光，便是这个寒假。正月快到了，不知怎的，我们情绪都很高。而且，要过年了，找贞子玩有了现成的借口。我到伯母家去可以无所顾忌，跟她们摸纸牌，玩“百人一首”[1]，或是打毽子。能够从早玩到晚，并且，晚上还可以放心地在伯母家玩到十点钟。

到了正月，就更加热闹了。

年初一一清早就上伯母家，和大家玩“百人一首”，掷双六。围着火盆，读新年里那些装帧华美的少男少女杂志给大家听。

晚上则在我们家玩“百人一首”，哥哥也参加，母亲专门朗诵和歌。人由我到伯母家去召集。

初二、初三、初四，一直到学校开学，几乎天天都这样快乐逍遥。我每天晚上“出使”，去请贞子、静子和堂妹。我担任这个差使很高兴。

开学以后，仍常常过去玩。但是却不能像先前那样尽兴了。尽管如此，正月里每星期六晚上，都由我当使者，去叫她们三人上我们家来玩“百人一首”或者摸纸牌。

自从和贞子分别以后，新年对我来说便太冷清了。尤其是玩“百人一首”，越发觉得枯索。跟贞子分别后的头三四年，玩“百人一首”简直成了犯忌的事，

1 从一百名诗人作品中，各选出一首和歌做成的纸牌。

极力躲避。即便哥哥来劝驾，也照样推辞掉。跟贞子一起过的正月，是那样的开心，每逢想起这段快乐时光，便对那些不知道有此快乐而白白度过少男少女时代的人，怀着深切的同情。

我是越发爱恋贞子了。

同时，见到贞子高高兴兴同别的男子讲话，心里就大为不悦。那时，有两个男的常到伯母家玩。一个比我大六七岁，是伯母的亲戚；另一个和我同年或小一岁，是同贞子一起学谣曲的。这两人也许有别的事才到伯母家来。可我认定他们是来找贞子玩的。

我不喜欢他们来，尤其不喜欢贞子当着我的面，和他们那么天真、那么快活地说话。

我愿意贞子只想着我一个人，但又不能那么奢望。我不敢奢望，是因为对自己缺乏自信。从小别人就说我长得丑。我脸上有雀斑，面颊上还有个肉瘤，小时候大家嘲之为“馒头、馒头”的。即便没有这样那样的缺欠，我这人也很邋遢，在堂兄弟中间，就数我其貌不扬。再说，我穿着不整齐，反正没有一点潇洒的派头。我说话很急，又有些神经质，什么事都想一口气说出来。说得快，舌头又不听使唤，所以别人就听不大清楚。人家一向认为我又笨又懒又难看，待人接物也很不机灵。

因此，我有些乖僻，从来也不敢梦想贞子会爱我，但是心里却希望她爱我，希望她只爱我一个人。

贞子并不嫌弃我，但对我跟对别人一样亲切，哪怕我偏心向着自己，也看不出有什么两样来。任我怎么认为她只对我一个人亲热，也是徒然。这使我很伤心。特别是贞子很好强，练谣曲更上劲了，所以不在家的时候也就更多。我免不了以为她是在回避我，甚至还猜疑她说不定爱上那个学谣曲的男朋友了。我一面这样想，一面怀着孤寂的心情，和静子闲聊，心心念念盼着贞子回来。

我也挺喜欢静子。若说谈天，倒是和静子更谈得来。贞子对静子完全当姐姐那样尊敬，静子也把贞子当作妹妹那么爱护和申斥。

然而，不管怎么说，贞子不在，我便感到寂寞。我谁也不让知道，一个人偷偷地想着贞子，偷偷地爱着贞子，而且对这寂寞也渐渐习以为常了。但这种寂寞实在叫人难以忍受。只有当贞子同我毫不见外地说着话，我才能摆脱掉这种情绪，而且打心底里感到高兴。

怀着这种心情，一天天打发着日子，终于暑假又到了。我跟往年一样，还去金田，贞子也回大阪去了。我那时候非常怕羞，即或写日记，压根儿不敢写我对贞子的感情，不敢比静子和堂妹的事多写一点儿。清早起来，我独自站在海边上，或者当夕阳西下，我离开大家，彳亍在海滩上的时候，我在波浪滚到的地方，偷偷写下贞子的名字。即便是这样一件事，我心里也感到又羞惭又快意。

我爱上贞子以后，考虑自己的事就更严肃了。我把自己想象成贞子的丈夫。这时，我不由得感到，贞子是高不可攀的，认为自己配不上她。

当时，我觉得做个总理大臣，还比较容易办到，尽管不能以此为满足。不过，我无论如何也不认为贞子能看得上自己。美貌绝伦的贞子肯同我这个丑陋的人攀谈，已是应该知足的了，倘若再有非分之想，那未免太无自知之明了。

我悔恨自己懒惰，决心努力上进，练好身体，成为一个出色的人，不愧为贞子的朋友。就当时十七岁的我来说，除此而外，没有别的可希望的了。

如今我依然如此，每逢看到什么美丽的女人，便当作是自己不可企及的偶像而加以崇拜，不论这女人是怎样一种身份。

九月间我回到东京，同上次一样，心里惴惴不安，但是隔不多久，她们两人便从大阪回来了。

我的生活依然如故。那时候，实践女子学校迁到远处去了。这一下对我打击可不小。清早同贞子说话，当然办不到了。虽然如此，我常常装成早起的样子，走到外面去，但我却不好意思天天早晨出去。贞子回家也因此更晚了。

我照例走到门外等贞子回来。直到看见穿着实践女校校服的贞子才心满意足，回到房里。因此，贞子穿着实践女校校服的身影，至今还清晰地留在我的脑海里。和贞子分别的头三四年里，一看见实践女校的学生，便想起贞子，心里深感凄楚寂寞。

不知不觉又近年关了。快乐的正月就要来临。

正月里，哥哥的朋友常来家里玩“百人一首”。贞子、静子和堂妹也都加入。贞子好胜心强，用心学“百人一首”，成绩很显著。

就在正月里的一天，哥哥的一个朋友送给贞子姐妹俩不知是一包点心还是什么别的。我猜想，那人准和自己一样，也爱上贞子了。可是，我并不怎么嫉妒。甚至在爱情不得满足这点上，还很同情他。要问为什么，那是因为他比我更难看，而且比我大七八岁——虽然年纪有二十五六岁，看上去却像三十多，已经开始秃顶了。

我对常来伯母家的那两个男的，尤其是那个学谣曲的，有些妒意。并且也明显感到，那人对自己也很嫉妒。

有一次在伯母家，贞子也在场，我和那人玩“百人一首”，心里感到我们两人是在顶真儿地进行较量。

一天下午，我去伯母家，贞子不在，只有静子一人在。我和静子谈着天，等贞子回家。等了很久也不见贞子回来。我这么等着，她倒姗姗来迟，这么一想，不由得生起气来，对静子说：

“你倒叫人放心，不过，贞子爱在外面逛，可有点危险呢。”

“没有的事，阿贞不要紧的。”静子很有把握地回答。我感到说错了话，便换了个话题。

有一天贞子不在的时候，我到伯母那里去，看见贞子的一本笔记本。打开来一看，里面写的是作文。我念了一遍，把自己的感想在文末涂了五六行。题目已记不大清了，不外是“女人的本分”之类，把“爱是至关重要”的意思发挥了一通。过了五六天，去找贞子，她说：“因为你的缘故，让我出了丑。”她说同学看笔记本上的作文，不料发现我开玩笑写的那几句，被人取笑了一通。但贞子倒并没怎么生气。

我觉得很羞愧，但是见贞子没有生气，又感到很高兴。我甚至想，说不定是贞子故意拿给同学看的哩。这样一想，就格外高兴了。

二月的一天晚上，我和哥哥在屋里，坐在书桌前看学校里的课本。九点来钟的时候，突然敲起了警钟。“着火了。”我和哥哥对看了一眼，侧耳一听，是火警警报。

“是附近起火了。”

“去看看吧。”

我们站起来，打开栅门出去。贞子和静子已经站在那里在看火烧。南边的火势很猛。看样子是在一里开外的地方起的火。哥哥对我说：“去看看吧。”又问她们俩：“不去看看吗?”

静子和贞子都回答说：“去看。”我很快活。我们四人便结伴而去。我能走在贞子身边，这比看失火还兴奋。我们站在人家的房檐下看热闹，在那儿能望见失火的人家。人们你来我往地奔跑着。消防员在那里救火，似乎很振奋，又很威风。长长的水龙带从我们面前拖过，裂缝的地方喷出水来。

我们看得很起劲。也有些人回过头来看贞子和静子。我为能同世间最美丽的女人在一起而感到自豪。火势不久便减弱了。哥哥说：“回去吧。”我虽然还想再看一会儿，也只好遵命。刚走了二百来步路，有个男人迎面跑来，踩了我的脚。“哎哟，好痛！”我刚喊出声来，那男人已经跑开了。我的脚趾出血了。

是静子先看见的。贞子问：“痛不痛?”静子掏出手帕来，立即撕下一条，要给我裹受伤的脚趾。我听凭静子包扎，心里暗想：“贞子要能像静子这样对我该多好……”哥哥独自先走了。我望着哥哥孤零零一个人回去的背影，同自家相比，想他准很寂寞，便很同情他。脚包扎好之后就不大痛了。打那里回家，是条黑黝黝的路，一路上几乎没有行人。我两手搭在静子和贞子肩上，拖着一只脚走回去。意外受伤，心里反觉得很幸福。

那年三月，静子从学校毕业了，四月里就返回大阪。我感到寂寞了点，但也未尝不高兴。私下想，静子不在了，以后便可专同贞子一个人说话了。

然而，事与愿违。贞子比以前更加不常在家了。我同贞子说话的机会也就更少。有一天，我和哥哥，还有堂弟他们，在邻居的空地上打网球，贞子也走来看球。她对我说：“姐姐不在了，没有一个人可以说说知心话，觉得很寂寞，只有你可以依靠。”我听了很受用，心里老咂摸她的话。当时我太兴奋了，竟不知如何回答是好，只含糊其词地说了两句。

贞子后来却没有再提起这话。这番意思也就不了了之。贞子不在家的时候仍然很多。至少我有这个印象，她在不在家，我是很留心的。因为贞子对谣曲越学越用心，也因为伯母家近来热衷于淘宫术[1]。静子还在的时候就已经如此，因为这淘宫术，贞子常外出，所以我很不高兴，常跟静子议论淘宫术。

一天傍晚，我趁贞子正在伯母家门前擦皮鞋的机会，走过去和她攀谈。这时，母亲也到旁边，摘树上的花椒。她一个人摘不完，便“阿贞阿贞”地叫女用人。那时我家的女用人也叫阿贞。于是贞子笑着对我说：“在叫我哩。我也叫阿贞呀。”我便对母亲开玩笑说：“阿贞在这里呢。”母亲并没叫贞子帮忙。不

---

1 系一种星相术，用排生辰八字，把灾分淘去，以期开运纳福。

过，我和贞子还是过去帮着摘花椒。我心想，倘若贞子是我的妻子该多好。我私下寻思，或许贞子还真喜欢我和母亲喊她阿贞呢。这么一想，我真高兴得很。

不过，生性怯懦的我，也说不出别的话来。在我内心里，深知贞子不是我所能高攀的。

然而，我对贞子是愈发不能漠不关心了。我总想能找到什么证据，证明贞子心里只想着我一个人。

有时觉得好像找到证据了，但仔细一揣摩，连个影儿都没有。贞子对谁都很亲切。我身体不好的时候，她依旧兴高采烈的。我去找她，她常常好像挺厌烦。而且，仍然是不在家的时候居多。

隔了三天去找贞子，却又碰不到她。好不容易见到她人了，似乎又躲着我，偏偏到厨房里做什么事去了。我便生起气来。开始猜度，是不是贞子瞧不起我呢？我也自怨自艾，只怪自己过于疏懒，总往伯母家跑，竟至于招人厌。

我克制自己，尽可能不到伯母家去。只在傍晚时分，在伯母家附近随便溜达，没事人似的等着贞子从家里出来。平时贞子常在那个时候出来，走到后院里，这已成为她的习惯了。可是，倘若我在那里，好像她就故意不肯出来。因此，我越发觉得贞子是在讨厌自己了。

那时，我特别感到自己非用功不可了。这么无所事事，终究不是办法。全怪自己迷恋上了贞子。我固然疑惑贞子对我的态度，然而也切望自己能成为一个了不起的人。要是照现在这样下去，总会一事无成。我一方面越来越思念贞子，同时又觉得该收收心，不再去想她，得好好用功才行。

隔了不少日子，有一天傍晚，我在伯母家的院子里遇见贞子。我好像对贞子说了几句难为她的话，什么话已经不大记得了。似乎是问她，倘若我命令她，她肯扛着扫帚在大街上走不？贞子说当然能扛着走。这当儿，伯母正从我们旁边走过，贞子便拉住伯母，说我叫她拿了扫帚上街，说完便咯咯大笑起来。我听了觉得受了侮辱，便闷声不响回到房里。

于是我写了一封绝交信，说我不再去找她了，因为我现在非用功不可了。我不愿意做一个总是受人捉弄的人。我拿了信，随即到贞子那里，一句话也没说，便交给了她。然后马上回到自己的房里。

我心里很不平静，情绪颇为激动。我在寻思，贞子看了信不知会做何感想。不过，我打算只当没这回事，不去理会。可是，到了第二天早晨，到底沉不住气，就装作没事人似的，踅到伯母家那边。这时贞子出来了。写了一封回信，递给我时说："真没料到会是这么一封信!"贞子在信上写道：看了我的信，感到出乎意外。她自问没有惹我不高兴的地方。我要是真的生了气，希望对她能多加原谅。信上还说她把我当作她的依靠什么的。我看了之后，神思飞扬，甚感兴奋，便在一张小纸片上，写了首类似新体诗的东西，意思是说，请把我看作你的哥哥，并允许我把你当成我的妹妹。

后来，过了不久，我放学回来，母亲脸色很难看，叫我过去一下，说有话对我说。

我还以为是什么事呢，走到母亲房里。母亲沉着脸说："我一向以为你年轻，对你挺放心的。想不到你竟给贞子写了封信，是吗？那封信掉在地上，被伯母看到，拾了起来。你怎么干这种事呢?"我说，我没写什么大不了的话。母亲便说贞子的坏话，说她是商人家的女儿，毕竟下贱等等。我一听便心里有气。母亲还说，往后最好别再去伯母家了。我气得哭了起来，竟至于哭个不休。母亲见我这样子，反而担起心来，便说，也不必这么着急，这是常有的事。听母亲那口气，仿佛我和贞子有了什么不明不白的事。我抗辩说，这种话落不到我头上，而且也不是为这事才哭的。我不认为自己做了什么错事，以后还要不止一次地上伯母家找贞子去。临了，母亲也哭了。最后这事也就那么不了了之。

以后虽然照旧去伯母家，但是我感到已经被人家看出来了，招人家讨厌。别人心里明明在想，"怎么又来了!"我想尽量不去吧。去见一个把人家的要紧信丢了、给别人拾去的人，实在太愚蠢了。可是，一天不见贞子，又觉得寂寞难耐。所以仍是一面顾虑重重，一面还只管去。

我已经忘记那是几时的事了。有一次，华族[1]女子学校的毕业生，出于某种理由，要为下田歌子举办一次游艺会，还要收费公演。

伯母家的堂妹和贞子那天也要去表演舞蹈。所以，她们两人天天出去学舞。就在演出前两三天，先在我们家的客厅里预演一回。我看了贞子的表演，直觉得美不胜收。

可是，第二天贞子就病了。公演那天，她因为生病没能演出，还觉得很遗憾。贞子病中，我常常去探望。后来听说贞子得的是流感，发高烧，还可能转成肺炎。于是母亲对我说：

“不要到贞子那儿去了。你身体本来就弱，得上流感可不得了，准会转成肺炎。”

我却很生硬地回答说：“小孩生病时，要是不许母亲到孩子身边去，那母亲该怎么想呢?”我这种心情，母亲并不理解，所以她执意不许我去贞子那里，而我怎么也不肯听。母亲哭着求我不要再去，我也哭着硬说非去不可。后来我照旧上贞子那里去。

我固然怕传染上病，但觉得既然是贞子的病，传上也不打紧。不过以后我去探望贞子，也挺小心在意。可是，伯母家的人显然讨厌我去。想去的时候，一想起那情景，十次之中也就只去上一次而已。我心里空落落的，只好自己安慰自己。我没有可以说知心话的朋友。也没有别的办法能排遣心头的苦闷。我独自一个人思念着贞子，想去看她，又没有勇气，含着眼泪坐在那里出神的时候居多，常为一些琐碎无聊的小事同母亲口角。

贞子病了很久，总算没转成肺炎就好了。

---

1 指有爵位的人及其家属。第二次世界大战后已经取消这一称号。

不久，夏天来了，转眼又是秋天。

我忍着不愉快，仍旧常到伯母家去。只要贞子给我好脸色看，我就高兴。但那寂寞的情绪却郁结在我的心头。因为寂寞，一个人常悄悄地流泪，痛苦之中倒也不无快意。

有一天，贞子对我说："希望你也能用冷水擦身，即便为了我也好。"那时，贞子自己也在做冷水摩擦。听贞子这么说，心里想，贞子对自己毕竟还很不错，于是我高高兴兴地说："我一定去做。"从第二天早晨起，我就开始做冷水摩擦。每次做的时候，都想起贞子的话来，情不自禁地微笑了。

秋天的时候，学校里开运动会。贞子喜欢看热闹，这种场合是必定要去的。那一次，贞子也到学校来看运动会了。

在运动会上，贞子遇见一个以前认识的人，他们几年没见面了。那人是哥哥的同学，年纪比我大五六岁，当时早已离开了学校。彼此不期而遇，他便邀贞子去他家玩。开过运动会不久，贞子果真上那人家里玩去了。

贞子以后还到那人家里去过一两回。伯母有些担心，便向我打听那人的为人。我当然不乐意贞子到他那里去，而且这事对我的关系再明显不过了。我想，我的心思，伯母当然也明白。所以，我反而不便去讲他什么坏话。于是，我便说："我也不大了解，大概人很稳重，还不错吧。"后来伯母又去问哥哥。哥哥便批评那人，坏就说坏，一点不含糊。我听后心里很惭愧，看出了自己的欠缺。一方面说是爱贞子，可是因为怕担嫌疑，便讲些冠冕堂皇的话来搪塞，显然自己并不在为贞子着想。

有一天，我去看信箱，里面有一张明信片，上面写的是贞子的名字，心里明知这么做不好，禁不住还是看了上面的内容。明信片上写了些对贞子品行有所怀疑的话，又说这事就要在学校里张扬开来，而且有别人看见贞子同男人一起散步，叫她多加小心云云。下面署名是“忠告人”。这写法很卑鄙。尤其写在明信片上让人看到，显然可见写信人的用意。我有些疑心，贞子难道真像明信片上说的那样？我不免有些嫉妒，但对写明信片那个人的卑鄙伎俩也很气愤，他显然是出于妒忌。我怕贞子知道我看过明信片，因为我想，说不定贞子对我会感到难为情，觉得对不起我。同时，我觉得，这种装作什么也不知道的样子，和自己这颗寂寞的心很相称。可是也不知是怎么回事，我不怕别人议论贞子，并没有亲手把这张明信片销毁掉。我背着别人，若无其事地把明信片交给了伯母。或许这是下意识中，出于嫉妒才这么做的。

后来听说，贞子看过明信片，说她知道这是谁写的。知道这明信片完全是无中生有，我也就放下了心。但想到贞子被一个讨厌的家伙所追求，又有些不快。

直到最近我才知道，贞子猜这张明信片有七成是我写的。至少，她说“知道这是谁写的”这句话，当时是指我而言的。我压根儿没有想到，自己会受这样大的嫌疑，因为这和我当时的心情实在相距太远了。等到听说这事以后，我才恍然大悟，贞子事后为什么对我是那样一副态度。

贞子后来没有再去那人家里。但是，眼见得对我也疏远起来。我过去找她攀谈，她总借故躲开。我简直成了一个讨嫌的人了。尽管如此，我并不灰心，仍旧怀着希望，小心翼翼地上伯母那里去。每去一次，我都更加清楚，贞子对自己的态度是无法挽回的了。我想狠狠心，以后再也不去了。可我一天见不到贞子，便受不了。终于我去的次数越来越少。我尽量忍受心里的寂寞，这仿佛已成了我的日课了。

从那以后，我开始接近文学。哥哥上大学念文科，我曾经取笑过他，心想，“哪有放着法科不念的蠢人。”可是，现在自己竟然也渐渐接近起文学来了。

第二年三月，贞子从学校里毕了业，就要回大阪去。她父亲来接她回去。贞子对我依然很冷淡。我竭力不上她那里去。第二天清早，贞子便要离开东京。头天晚上，她要从伯母家搬到她父亲住的旅馆去。晚饭前，我装作没事的样子，去找贞子。贞子从屋里出来，站在廊下，我站在廊前同她说话。贞子对我很亲切，这真是我几个月来所求之不得的。我这一向愁闷的心情顿时释然，就这样同贞子诚诚恳恳、高高兴兴地说着话。可是刚说上半个来小时，就到了吃晚饭的时间。贞子说："回头我再过来告辞吧。"我便回家吃晚饭了。

吃过晚饭，我待在自己房里。哥哥不在家。母亲走到我旁边，跟我有一搭没一搭地说话。我却是满腹心事。母亲讲的，都是些琐碎无聊的事，我很不耐烦，冷冷地敷衍着。心里念叨着"贞子马上就来吗?"，巴望母亲快点离开房间。至少在临别的时候，能让我们两人痛痛快快地说会儿话。可是，母亲仿佛也意识到了似的，故意耽在我身边不走。我猜出母亲的心思，她有她的考虑，不肯让我单独和贞子见面。我甚至觉得，她这心思未免有些残忍。我不禁生起气来，心想，你要待在这里只管待着好了。你要使我悲哀，痛苦，叫我永远恨你，那就随你的便，尽管待在这里吧。但也难不住我，至少我不会叫别人看出我为难。我认定了，母亲是为了折磨我才故意留在这里的。当时，母亲待在我旁边，真是叫我多么的痛苦和难过!

贞子好半天也没来。我心里时时刻刻惦着后门的开门声。每逢听见门响，便想贞子这回可该来了。这次一别，今生里恐怕再也见不到了。我这么一再地牵肠挂肚，等到知道来的不是贞子，一方面略感放心，却又不免有些失望。过了一会儿，贞子终于来了。她向母亲行了礼，也给我行了礼，说了些"这一向多承照应"的客套话。我简直没有心思说话。听母亲说的那些应酬话，又提到什么惜别之类，我真是讨厌透顶。于是，我就越发沉默不语。不到十分钟，贞子便告辞走了。因为母亲没送她，我也不便送她到后门。不大一会儿，听见贞子和堂弟堂妹他们笑笑闹闹地走出门去。我低头咬着下唇，装作看书的模样，不让母亲知道自己在流泪。

母亲不放心，一味待在我旁边，真是没有比这更叫我难过的了。当天晚上，我上床熄了灯，一个人悄悄流泪。我寂寞，孤独，悲哀得忍不住哭了。

第二天，我照旧起床，随后去上学。放学回来的时候，伯母告诉我，贞子在新桥火车站动身的时候，还叫代向我问好。还说，贞子说她早晨在旅馆账房那里，见我上学经过门口，本想喊我，又觉得不好，便没有作声。我听了之后，十分后悔，觉得对不起贞子。

我知道贞子和她父亲头天晚上住在那家旅馆里。结果走过旅馆门前时，竟忘得一干二净，心里只顾想着和贞子永远分别的事。当时能回头看一眼多好，若能笑着鞠个躬就更好了。我为什么不这样做呢？贞子一定会生气，觉得我太无情了吧？这样一想，对自己的迂腐很恼火。仿佛犯了一个无法挽回的过失。贞子是算准了我走过门前的时间，才到旅馆门口来的，对她这番情意，我既高兴，又觉得辜负了她的一片心，感到很对不起她，不免有些遗憾。

从此以后，我独自一人思念着贞子。我没有告诉任何人，只是默默地想着她。可是我连一张明信片都没寄过。首先我不愿意打听贞子家的住址。我本来就有点忧愁，那以后就越发抑郁寡欢了。有人说，跟我聊天觉得闷气。也有人说，我的神情好像对一切都不满似的。那时，藤村操在华岩的瀑布投身自杀，正成为轰动社会的新闻。当时有人说，倘若我们当中有人投身华岩瀑布的话，那他便是武士了。他们谁也不知道我有我的初恋，更不曾想到我已失恋了。他们把我看成是乖僻而固执的人。有个朋友对我说：“像你这样，应该恋爱一番才好。那样，你就会开朗一些。”当时，我凄然一笑，说：“也许是吧。”

过了一两年，日俄战争打起来了。有一天，伯母到母亲这里来，把贞子和静子穿着看护服拍的照片拿给母亲看。我估计，她们大概是参加社交活动，当了名誉看护或志愿看护，去慰问伤兵时拍的。母亲又拿给我看，我看了照片感伤起来，实在坐不住了，猛地站起身来，跑到别的房间去哭了。母亲不放心，也跟了过来，看我哭得很伤心，吃惊地说："你想贞子竟想得这样厉害吗?"我没有作声，犹自哭个不休。

以后，母亲当着我的面就再也不提贞子的事。我也不去打听她的消息。

暑假时，我依旧去金田。有一天，贞子寄来一封信，是给来避暑的堂妹的。那封信我无意中瞥了一眼，发现贞子改了姓。我这才知道，贞子已经出嫁了。我走到外面，怀着一颗寂寞的心在海边徜徉。这种寂寞，我早已习惯了，我的心已经惯于孤独，而且也越发觉得贞子人非常好。

和贞子分别后，我渐渐决定去从事文学工作。我崇拜起托尔斯泰，也有了要好的朋友。我从寂寞中看出严肃与希望。和贞子分别后的第三年春天，我一个人寂寞得厉害。站也罢，坐也罢，总感到寂寞。我那时最怕过春天，和贞子就是在春天分别的。后来我家雇了个十四岁的使女，我这孤寂的心情给她多少排解开一些。我对这个聪明伶俐、娇小可爱，还有些孩子气的小使女，由同情而不知不觉爱上了她。

然而，我这人很腼腆，了解了她的性格和命运之后，我还在考虑，自己同她的命运结合不知是好是坏的当口，家里出了风言风语。那时我家有个书生[1]，比我大一两岁，因为在女人的事上不检点，给赶出去了。起初传说小使女对他的挑逗甚感厌烦，后来又说他们两人好得竟如同夫妻一般。

母亲便说这个使女的坏话，我听了以后，想起母亲从前议论贞子的事，便猜疑母亲是为了叫我死了这条心，才故意这么说的。我一气之下，给母亲写了一封信，告诉她我已爱上这个使女，因此我不愿意别人讲自己所爱的人的坏话。

母亲看了信，大吃一惊。她做梦也没想到我会爱上那个使女。母亲当然事先不可能知道。我没有告诉过任何人，也没向使女本人表白，只是独自个悄悄地、远远地爱着她。传出风言风语之后，书生和使女索性明目张胆，更加放肆起

1　寄食于主人家，一面帮做家务、一面求学的人，地位较仆人略高。

来。幸好母亲以爱护使女为理由，把那女孩子打发回家了。过了不久，我开始爱上住在我家附近的一个姑娘（《忠厚老实的人》里的女主人公），我同她从没有说过一句话。

我后来仍然常常思念贞子，尤其梦见她以后，更是感到无可告慰的寂寞，深感人是不能失恋的。

记得七年前的二月八日，我吃过午饭后，打算去看我的朋友正亲町，刚要拨电话，忽然又改变主意，不想去打搅别人了。我随便走到祖母房里，偶然知道贞子打电话给当时住在我家的堂妹，说她当天下午要到我家来。我的心怦怦跳了起来，甚至觉得，我不高兴打电话给正亲町，踱到祖母这边来，仿佛有什么预感似的。总之，这消息真是再好也没有了。

那时候，嫂嫂已经嫁到我们家。我和祖母贴邻住在翻修过的原来的两所厢房里。我的房子和祖母那边中间连着一个很短的廊子，不用穿鞋就能过去。在我房里，听得见祖母房里的说话声。那时堂妹来，就住在祖母那里。伯母家早已搬到别处去了。

我在自己房里，侧耳细听，有些坐不住。心里想，四五年不见面了，尤其是贞子做了别人的妻子，她会变成什么样子呢？过了二点钟，三点钟，她还没有来。三点半的时候，我从窗口望见《忠厚老实的人》里所写的女主人公放学回来的背影，我已经有十来天没看见她了。我觉得自己现在是深深地爱着她。也正因为有了她，我今天与贞子见面，心情才能平静。四点，五点，六点，直到七点，贞子还没有来。

七点钟的时候，我在日记上写道："难道不来了吗?"到七点半左右，终于听见贞子那华丽的音色，还有堂妹高兴的声气，以及祖母那边格子门的开门声。贞子似乎进了祖母的屋里。我轻轻站起来，踌躇了片刻，随即决心过去看她。

乍一看，贞子仿佛变难看了。说话之间，又觉得贞子同原先一样，一点没有变样。我同堂妹和贞子无拘无束地聊天。贞子听说我进了大学文科，便说：“我就猜你准要念文科的。”说了一回闲话，我想贞子是难得来看堂妹的，我在这里恐怕碍她们的事。于是，我就暂且回到自己房里。但是，我静不下心来，刚过十分钟，就坐不住了，决定只要贞子在，我也一直留在祖母那里。我熄了灯，走出房，正想摸黑走过廊子，听见祖母说：“到实笃房里去看看吧。”接着好像是贞子和堂妹要过来的样子。我急忙回到屋里，悄没声地摘下还很烫的灯罩，点上亮，在书桌前坐下。贞子和堂妹这才过来。三个人围着火盆烤手，一面说些闲话。我高兴得忘乎所以，知道贞子还记得从前的一切，更是非常欢喜。我想摸一下贞子在火盆上烤火的手，装作孩子气，把贞子的手往火上压，吓唬她，想叫她像孩子似的发怒。可是贞子见我的手搁在上面并不介意。我轻轻地往火上压，她也不挪开，做出一副若无其事的样子。

这一个半小时里，三个人完全回复到往日的情景，亲切地说些推心置腹的话，大家一起欢笑，连时间是怎样过去的都不知道。贞子忽然注意到时间不早了，一看钟，已经过了九点。贞子说：“我该告辞了。”堂妹竭力挽留贞子住一宿再走。贞子说，不论留多久也没个够。我没有去挽留。出于对她丈夫的道德感，我不能直率到留她住下来。

我说，倘若回去就叫辆车吧。于是打发人去叫车子。等车的工夫，三个人又说了会儿话。贞子能够这样温和、亲切地待我，我很高兴。尤其是上一次分别时，我那样冷淡，第二天早晨经过她住的旅馆头也不回一下，连贺年片都没寄过一张，贞子对这些全然不介意，更使我高兴。

这时车子来了。离别令人难过。我把贞子一直送到栅门口，并且装作没事的样子，穿了木屐走出门去。除了我们两个，没有旁人。贞子忽然转过身来，我的右手不知什么时候握着贞子的右手。两人内心里仿佛在相互谢罪似的。贞子说：“请代问候大家。”我回答道：“后会有期。”两人终于分别了。那时，我的喜悦和兴奋远胜于离别的孤寂。我甚至觉得，要是在我不知不觉握着贞子手的那一瞬间被人杀死该多幸福。当晚醒来，总是想着贞子，心里不免落寞空虚。第二天起来，仍复如此。为了排遣这种心情，我勉强自己去想《忠厚老实的人》的女主人公，然而，一种无可弥补的落寞的情怀，依旧时时梦萦魂牵。

可是，过了两三天，和上一次分离不同，我渐渐忍受得住这种寂寞了，而且一想起来便感到欣慰。我炽烈地爱着《忠厚老实的人》里的女主人公。我的爱，与日俱增，终于明确感到想要同她结婚。但是，一想起贞子，心里便很寂寞，甚至连在梦中看见她都感到痛楚。这种痛楚的心情一直持续到去年我结婚时为止。

还有许多事想写，那就留待将来吧。至于这次初恋，对我究竟有怎样的影响，我想是无须在这里饶舌的了。

鉴评：她就像迷雾中的晨星

每个人几乎都有自己的初恋。不论是成功的，还是不成功的；有结局的，还是不了了之的。而且，在每个人的生活历程中，初恋往往总给人以动人的回忆。当一个成人回顾自己生涯的时候，早年的初恋往往仍能强烈地撩动自己的心弦。这不仅因为初恋是人的第一次爱情经历或爱情体验，不可避免地要以最深刻最鲜明的线条刻印在人的心灵上，而且，因为在初恋里既爆发着年青的热情，又保持了少年的稚气、天真和纯洁。如果只说初恋在以后的岁月还不时撩动着人的心弦，也许还是不够的，它的力量往往比这大得多：它可以使一个人终生感念不忘，对它保持清新动人的回忆，在荒漠的人生中，把它当作一块令人心旷神怡的绿洲；它可以成为一种持续多年的精神动力，给人以积极向上的情操力量；它也可以成为一个终生难以磨灭的烙印，在整个生涯中无处不像幽灵一样地出现着、影响着、笼罩着人的行为和思想；它还可以是一块礁石，使人的命运在这里被决定了。

文学是现实生活的反映。“初恋”在人类感情生活中所占的地位，必然使它在文学中成为一种永恒的主题，使它给文学带来好些清婉动人的篇章。不知为什么，文学中的初恋故事往往都不是以美满的结局告终，似乎皆大欢喜、有情人皆成眷属与初恋是格格不入的，那些初恋故事的结局，或为悲剧，或像昙花一现，彗星一闪，留下来的是空寂，是清淡的哀愁，是像轻絮一样飘忽而又永远连绵不断的思念。在爱情题材的作品里，几乎有很大一部分实际上写的都是初恋。在世界文学的爱情巨著中，罗密欧与朱丽叶、圣普乐与朱丽亚、维特与夏绿蒂、柯丽娜与奥斯华尔德这些人物的恋爱，无一不是初恋，就以我们所评论过的外国短篇小说而言，其中那些男女主人公不是绝大部分是第一次恋爱因而都表现了热烈而纯朴、天真而持久的感情吗？只不过，那些小说的着笔点，不在于这种感情是不是第一次，而在于其他方面而已。我们眼前的这篇小说如果说有什么特点的话，那么，首先就是它在“初”字上下功夫，要表现出“初恋”的特点，表现出初恋之所以是初恋的那种情感的情态。总而言之，正像它的篇名所表明的一样，它给自己所规定的任务，就是要表现出作为第一次爱情的初恋。

我们说过，每个人都有自己的初恋。看来，这个短篇所写的很多就是作者本人初恋时的真情实感。在这里，我们看到了典型的初恋的感情，这种感情如果说在过去的文学中都有所表现的话，那么，在这个短篇里则得到了某种明确的表述。例如，小说一开头就这样说，“我初恋的女子，我称她为‘第二个母亲’”，把一个初恋的对象比喻为“母亲”是否过分？这里当然是一种夸张形容，不外是用来表述很多作家都表现过的初恋所具有的那种神奇的力量。事实上，在这篇小说里，如作者自己所承认的，正是这次初恋把他“造成了一个新人，赋予了新的人格”。他原来只是一个毫不出色的青年，在学业上平庸而又不努力上进，只是在这次初恋之后，他似乎得到了启迪，才开始致力于文学；而且像任何初恋都给人打下了深刻的烙印一样，这次初恋也长期地影响了这篇小说的主人公，他初恋时的感情是那样的持久，那样经得起时间的磨损而始终贯穿于他的一生，并且深深影响着他的文艺创作，这个女子的倩影一直萦绕着他的形象思维，他把她当作了美的象征、美的源泉，往往在不同的作品中，把她化为不同的美的形象，而同时又把当年初恋时的那种感受作为人物的情感写进了作品。

这个短篇的优点，除了出色地表现了初恋的持久性外，再就是细致地描述了一个少年人初恋时那种朴实的情愫。我们说它是情愫，因为它是那样轻淡，而且是从平凡的生活细节中像溪水一样潺潺流出，甚至只是像山泉一样令人难以察觉地渗透而出。这里，既无什么吸引人的爱情场面，也没有什么互相的爱的表示、爱的语言，一切都像生活那样平淡无奇，那样自然、真切，构成故事内容的只不过是青年人如何想和他爱慕的贞子多讲几句话，而且是几句极为普通的话；如何想和贞子多见几次面，哪怕只是远远地见到了她，或者只是感到她就在自己的隔壁；如何怀着要“不愧为贞子的朋友”而力求上进；如何因贞子对他稍有亲切的表示就由衷感到欣喜；等等。总之，这里都是日常生活中的情感活动，它们几乎像白水一样清淡、纯净，这种情感状态正是典型的少年人的初恋，它还保持着天真、稚气的本色，给读者带来一种清新欣悦之感。

一个大人是不能再变成小孩的，但小孩的天真难道不使他高兴？这就是这篇只写了一些平淡无奇的生活细节和轻微的感情波动的小说具有感人力量的根本原因。

朵丽根与阿浮拉格斯

［英国］杰佛利·乔叟
方重 译

作者简介

杰佛利·乔叟（1340—1400），英国文艺复兴早期的代表作家，英国现实主义文学的奠基人。他出身于伦敦一个富裕的酒商家庭，早年当过廷臣、税吏、法官、议员。1377年后，多次出使欧洲大陆各国，特别是两次游历了文艺复兴思潮崛起之地意大利，接受了但丁、彼特拉克和薄伽丘的作品的影响。乔叟很早就开始写作，意大利文艺复兴的文学使他开始转向现实主义，《坎特伯雷故事集》是他晚年的作品，这部短篇集由一个总引和二十四个故事组成，生动地反映了14世纪英国的社会现实，描绘了当时各阶层的人物形象，是英国文学史上现实主义文学的第一部典范。

在阿玛利亚地方——也叫作布勒塔尼——从前有一个武士，曾爱上了一位贵妇，对她竭尽殷勤。他花了许多心血，许多功夫，才换得了她的心。这贵妇美色无比，出身高贵，武士自从落进情网，一向不敢向她透露心事，痛苦非常，直到最后她心中发出怜悯，觉察他人品高超，能体贴入微，因而应允和他永结良缘，终身相托。为了生活的幸福，他按照武士的风尚，向她立誓，自愿此生遵循她的意志，决不嫉妒，如任何丈夫一样，除却为了体面而保持夫权的名义以外，一切都为她的意愿效劳到底。

她也就向他道谢，谦逊地说：“你既如此明达，自愿给我支配之权，上帝不许我犯下差错而使你我之间发生任何争执。我也愿永远为你的卑顺的妻；我将向你立愿。”

这样他俩心中都觉十分安定。各位，我敢说这一点，——朋友交好，若要情谊持久，就必须彼此谦让体贴。爱情是受不住压制的；压力来了，爱神就扑翅而飞，不再返回了！爱情和任何灵魂同样自由。女子的天性是要自由，不愿像奴隶那样受到束缚；男子也是如此。如果我没有讲错，只消看谁能在爱情中最有耐心，谁就有最大的成功。确实的，忍耐是一种高尚的美德；因为古学者有言，它能克服严酷所克服不了的东西。人同人之间不应对于每一句话、每一个字加以谴责。当学习耐心，否则，我敢说，事到临头，哪管你愿或不愿，你还非忍耐不可呢。原来世上的人，总不免有时讲错一句话或做错一件事。愤怒、疾病、星象、酗酒、悲哀、身中汁液不和，都可以使人言行有差错。我们并不能把每一点过犯都算清，一点不含糊；每人都应看具体情况安排着他的生活，都必须中庸适度。因此，这位武士，为了要彼此和睦，保证对夫人一定容忍自克，她也向他立誓，同样地对待他。这是一个互让融洽的表现，她所得的是一个顺从的侍者，一个可尊崇的主子——爱情上的侍从，婚姻中的丈夫；他得有威权，同时也受了束缚。束缚吗？——不，他仍掌有威权，因为他既娶得了妻，又赢得了爱；他的夫人、妻子和一个接受了爱情之律的配偶。[1]

带着这样愉快的心情，他同她回到家乡，这里离彭马克不远，在家中他过

---

1 在乔叟之前一百多年通行着一种爱情律，包括男对女的态度和求爱的方式，当时这种情爱关系是与婚姻无涉的，乔叟时代已有不同的社会风尚，因此这里阿浮拉格斯和朵丽根已将从前的爱情律与近代的婚姻关系合而为一了。

着安乐的生活。若不是一个结了婚的人，谁能说得完那种夫妇之间的欢乐和幸福呢？这种欢幸的生活继续了一年多，直等他——他名叫阿浮拉格斯——准备去英格兰住一两年，为的是在武艺场中求取荣誉。原来他是一生致力于武艺的。因此，正如古书所载，他在那里住了两年。

现在我将放下阿浮拉格斯，且谈他的妻子朵丽根，她爱她的丈夫像心头的热血一般。他不在家时她哭泣哀叹，像每个高贵的夫人那样思念着丈夫。她守待着、减食愁思着；她渴想他回来，觉得世上万事都一无聊赖。她的朋友们知道她的心事，都来劝慰她，日夜劝慰她，说她这样的生活无异于自杀。她们努力安慰她，要她心上放宽。

你们大家知道，一块石头如果继续不断地磨刻，一定可以留下深印。所以，在她们日夜不停地劝慰她之后，居然触动她运用一些理智，引起了一点希望，她们的话给她留下了一些印象。她的悲痛慢慢减轻了。她不能永远痴癫下去。在她的愁痛的日子里，阿浮拉格斯也曾带信回来，报告平安，还说不久就可以回家。假如不是这个信息，她的心都要破裂了。朋友们见她愁容稍减，恳求她出来和她们一同游散，消遣心中的郁闷。最后她只得同意，觉得只有这样最好。

原来她家堡宅筑在海岸紧旁，为了消遣，她常和朋友在岸上散步，看那海中大小船只来往。可是这情景又引起了她的伤痛。她常自语道：“啊，这许多船只难道就没有一只可送我丈夫回来吗？唯有他乘船归来，我心头的伤痛才能治愈。”

另有一次，她坐下沉思，由岸上看下海去，见到岸边峥嵘的黑岩，她心中悸动，不禁吓得站不住脚。她坐在草地上，忧伤地凝视海水，一面悲叹道：

“永生的上帝，你以自然规律掌治万物，人们说，你从不白白创造一件东西。但是，上帝，这些狰狞的黑岩，看来似乎在你的全美全智的创造物中，竟是一种丑怪的混乱现象；——为什么你会造出如此不合理的东西来？这类东西并不能产生任何人类或鸟兽，也不能指示任何东南西北的方向；我看去，它没有丝毫用处，而徒然令人生厌。你看见吗，上帝，它是毁灭人类的东西呵！岩石上曾冲死过千千万万的生命，虽然我一时算不出究竟有多少；而这些被害的人，却是你仿照你自己的形象所造成的完美作品。你对人类似乎应有十足的喜爱；为什么又用这些有损无益的方法去陷害人类呢？我很知道学者们会强辩着说，一切都是为好，但我却看不出这个道理。愿创造风云的上帝保佑我的丈夫！这就是我最后的要求；一切诡辩的能事我唯有交给学者们了。我但愿这许多黑岩都沉进地狱中去，为了我丈夫的生命！这些岩石真够使我吓得心惊肉跳呢。"

她这样自言自语，伤心落泪。她的朋友们见她如此，在海边并不能散心，不能消愁，反而扰乱了她的心神，于是又带她到旁处去。她们引她去游逛山川胜地；带她去跳舞、下棋、玩牌。有一天早晨，她们同去附近花园中整天游玩，带着食物和其他用品。这是五月里的第六天早上，柔雨洗染了园中的红花绿叶。的确，人工把这座花园装饰得那样美丽，除上帝的乐园外，人间没有第二个了。花卉的馥香和园中的新鲜景色，确能令人心旷神怡，除非他愁病重重，看不到那无穷的美景。宴罢，人们开始跳舞，只有朵丽根在舞会中不见她的意中人，仍是叹息不已。当然，她虽懊丧，却也不得不静待时日的迁移，心头保留着希望，等候愁烦消逝。

舞会中男子很多，其中有一位青年，新鲜活泼，胜于五月的天气。他的唱歌舞蹈是没有人能和他相比的。以一句话来描写他的话，只有说他是世间得天独厚的一个人：年轻、健壮、富有、知礼，一身高贵的品质，无人不爱，无人不敬。简洁地说，反正事实总是藏不住，这位奥蕾利斯，爱神维纳斯手下的一位青年，早已倾心于朵丽根，而她却全然不知，两年多来他不敢向她吐露任何心事。他喝的是相思的苦酒，只是缺了一只酒杯，[1] 他失望，但除了在歌词中表示一般的爱慕而外，不敢有任何表现。他说，他爱，却没有被爱。关于这些，他谱过许

---

1 "喝酒缺一只杯"是俗语，意思是"吃了亏"。

多短曲、两韵诗、诉歌、循环词等等，在这些词曲中，他说他不敢发泄他的隐痛，只能像怨仇女神被禁闭在地狱一般；他说他只好像山林女神爱水仙神那样，为了相思太苦，唯有一死了之。除此而外，他唯有偶尔在舞会上，趁着这个青年人们颤动心弦的场合，向她投射着深情的视线；可是她却丝毫不了解他的心意。

他原是朵丽根的邻居，又是一个被人器重的人，她一向是知道他的，所以在没有离开舞会之前，他俩就交谈起来了；奥蕾利斯慢慢引到他的题目上来，就见机说道："夫人，有万物的创造者为证，我在你的阿浮拉格斯出门过海的那一天，也就应该出门而去，不再回来；因为我敬慕你，却至今是一场空，我所得的酬偿无非使我心伤欲碎。愿你怜悯我的痛苦，夫人，只消你一句话就可以生我，或杀我——愿上帝赐我葬身于你的脚下。我此刻不能多讲；求你宽恕我，亲爱的，否则就让我死去！"

她眼看着奥蕾利斯说道："你心中原来是这样的念头吗？你是真的这样讲的吗？我从不知道你心里的事；奥蕾利斯，愿那给我生命的上帝勿使我在知觉健全的时候在言行上做一个不忠贞的妻子。我的终身已许给了他，我已归他所有。这就是我所能给你的最后答复。"但是，后来她对他却讲了一句笑活："奥蕾利斯，上帝在天，我或许还可以爱你，因为我看你如此伤痛；哪一天你如果能把这海岸边的岩石一块块都搬走了，勿使任何船只受到阻碍，——我说，你若能把这些岩石都清除得看不见了，我就可以爱你了，并且超过任何人。这一点我可以向你保证，只要我办得到。"

"你就不能再宽恩一些了吗？"他道。

"不能了，"她道，"有给我生命的神在上！我很知道这是不可能的。你心上早些排除了这种痴想吧。一个人爱上一个有夫之妇有什么意味呢？她的丈夫随时在左右着她的身心呢。"

奥蕾利斯连声叹气。他听了这话，只得凄然作答道："夫人，这是一件不可能的事！我唯有惨痛而死了。"他说着就转过身来。她的朋友们正在小径里走上走下，全未知悉这段经过，马上又开始各种游戏取乐；直到太阳西沉，天色黑了才罢。他们个个开心满意回到自己家中，除了奥蕾利斯一人！他抱着沉痛的心回去，眼见得自己已绝望了，觉得心头冷上来。他向天空举起双手，露出膝头跪在地上，疯疯癫癫祈求着；他伤心已极，神志恍惚，也不知道口里说些什么；他含着一颗苦心向神明祈祷，先向太阳神诉说着：

“阿波罗，”他道，“花草树木的主宰，你依照你宫座的倾度，或南或北，给了自然界的一切适当的时季。费白斯，愿你眷顾我这可怜的奥蕾利斯，否则我就无路可走了。主呀，我的意中人已宣布了我的无辜的死罪，除非你的仁慈能照看我这垂死的心。我知道，费白斯，除我的心爱之外，唯有你最能援救我，只要你愿意。现在请听我讲你如何能救我。你的幸福的妹妹，明亮的露新娜[1]，海洋之后，虽然纳泼琼统治着海水，她却仍是那海面的王后；你知道，日神，她的意愿是由你的圆镜而取得光明的，因此她紧跟着你，由此之故，海洋才依从着她的吩咐，原来她就是大小海流的女后。所以，费白斯，这就是我的祷词，——显示出这个奇迹来，否则我的心就破裂了；下一次在你们的天位对峙的时候，应是在狮座之中，我求她涨起大潮，使阿玛利亚的不列颠海边最高的岩石也至少淹过五呎之深，并使这大水维持到两年。那时我就可以对意中人说，‘履行你的诺言，那岩石都已不见了’。费白斯，我求你显示奇迹；求她不要比你跑得更快；我是说，求你的妹妹勿在此两年中超过你的速度。让她总是月圆，且春潮日夜升涨不退：除非她肯这样恩赐于我，让我得到心爱，把每块岩石都沉进帕路托的冥国去，不然的话，我就永远无望了。如能这样，我一定赤脚步行，朝拜你在德尔斐的神庙。费白斯，请看我两颊的泪，可怜我的痛苦吧。”

说着，他就晕倒了，躺了很久，不省人事。他的弟弟本知道他心中的愁烦，

---

1 露新娜即露娜，月亮的诗名；月亮与海潮有关，是合乎科学的。

把他移到床上休息。这里我暂且将他放开，由他去躺着失望，心坎上受着苦刑。他是愿死还是愿生，只得由他自己去选择，我是无能为力的。

阿浮拉格斯回到家中，带来许多勇敢壮硕的武士，都是武士界的精英，也是负有盛名的人物。啊，朵丽根，现在你真是快乐无穷了，你可以拥抱着你的丈夫，他既是坚强的武士，又是勇壮的战士，并且他又爱你如命。他完全没有怀疑到在他离家的时期中会有人和她谈情说爱。他没有这种疑虑。他根本不加注意，只是跳舞、比武，为她取乐。这样我暂放下他俩，由他们去度着幸福快乐的生活，且谈那病中的奥蕾利斯。

不幸的奥蕾利斯在病榻上受苦，消磨着时日，有两年多的工夫，此后他才开始下床来，移动着沉重的步子；这时，他得不到任何安慰，除了他的弟弟，一个书生，他是知道他这一切愁痛的。他实在不敢对任何旁人谈起。他心中所积郁的事，比起朋费勒斯为了爱加拉蒂亚所隐藏的心事，还要守得紧密。[1] 他的心胸在外表看来虽是完整的，却是有一支利箭永远刺入心头。你们都知道，在外科医术中，如果单治伤患处的外面是有危险的，非把箭头取出，或诊治那受伤的深处不可。

他的弟弟躲在一边哭泣，最后他却想起当初在法国奥尔良的时候——青年学者往往爱钻研魔术，寻遍各地去学习，——此刻他记起在那里曾有一天，他见到一本魔术书，是他的一个同学——当时的一个大学学士，私下放在桌上的；那时他自己却读另一门课程。在这本书里讲到许多关于天体对人的影响，还有月宫的二十四座和其他一些无聊的东西，我们今天看来实在是抵不上一只苍蝇的价值了。——我们信崇的是神圣的教义和真诚，我们不会让虚构荒诞的东西来贻害我们了。可是他一想起这本书，心上就鼓兴起来，私下自忖道："我的哥哥马上就可以病愈了；因为我深信确有某些人为的法术，能假造出许

1 朋费勒斯是一个诗人，他爱加拉蒂亚的事，见 13 世纪一首拉丁诗。

多幻影，好似灵敏的戏法家所要的那样；我常在宴会上听人说，在一座大厅上，戏法家能变出河水，并有船只在厅堂中上下划荡；有时一只猛狮走了出来，有时草原上长出鲜花，有时葡萄藤上挂着红白的葡萄，有时一座堡宅石块上涂着石灰。当这戏法家心念一动，马上又能将一切消灭；但人人却可以亲眼看得清楚。

“所以，现在我可以得出这样一个结论：如果我能找到奥尔良的同学，懂得月球的宫座或其他魔术，他就可以使我哥哥的爱情成功。学者用魔术能使人们看不见布勒塔尼海边的黑岩，且几天内只见船只在海上来去，觉察不出其中的异象。如能这样，我的哥哥自可病愈了；她不得不履行诺言，否则也至少可以使她下不了台。”[1]

我何必多讲呢？他走到哥哥床边，鼓励他去奥尔良走一趟，因此他们出发，希望解除心中的愁烦。他们到了离城约半里路光景，遇见一个年轻的学者正在独自游荡，向他们很客气地用拉丁语打招呼，并讲了一句奇怪的话。“我知道你们是为什么来的。”他道。他们一同走着还没有几步远，他已替他俩道出了他俩的来意。这布勒塔尼的学者就问他从前有些同学到哪里去了，他答说他们都死了；他听了不免流了很多泪。奥蕾利斯下了马，跟着那魔术学者回去，受到他的殷勤的招待；只要是他们爱吃的食品都拿出享客。奥蕾利斯一生也没有见过这样整齐的人家。

晚饭之前，魔术学者显示出许多东西给他看：森林和园地，充满了野兽；还有长角牡鹿，是他从未见过的大鹿。他看见这样的鹿有几百只都被猎犬噬食，有些中了箭伤而流血。不一会儿，这些野鹿不见了，他又看到在一条美丽的河边有些猎鸟的人，放逐猎鹰去扑杀苍鹭。后来又见有武士们在场中比武。此后，这魔术家为了给他一些心情上的快慰，让他看到他的意中人在跳舞，连他自己

1 奥尔良大学在中古时代享有盛名，当时学者往往研究星象之学。

也在内。魔术家见时间已久，便拍一拍手，忽而全都不见了，形形色色的世界在转瞬之间消失殆尽。其实，他们虽看见这些奇迹，却一步也没有离开屋子，仍是在他那间满陈书籍的房中，除了他们三人之外，别无旁人。

这时魔术家叫他的侍者过来问道："我们的晚餐准备好了没有？我敢说，差不多在一小时前，我请两位贵客去书房时，我就叫你备饭了。"

"先生，"侍者道，"已准备好了，现在就可用餐了。"

"那么我们就去吃吧。"他道，"这最好，这两位情场中的贵客还该有些时间休息呢。"

餐后他们谈起要请魔术家把布勒塔尼沿海从吉伦特河到塞纳河口所有岩石全都搬光，需要多少钱。他提出了一些难题，且发誓道，非有一千镑不可，即使有这笔款子，他还不很乐意答应呢。

奥蕾利斯立即高兴地答道："管他什么一千镑！这个世界，人们说，是个大圆球，我也可以全部送给你，只要是我在掌管全球。[1] 这价钱就此说定，我们同意。我们一言为定，你可稳拿到这笔款项，我不会失信。不过请你不可把我们留过明天，请你赶紧，不可懈怠。"

"不会，"魔术学者道，"我向你立誓。"

奥蕾利斯到了时候去就寝，整夜休息得很好。管他曾经花了多少心机，抱了多少希望，这一下他的愁烦却得了解脱。到了第二天天明时分，他们上路向布勒塔尼而来，到了目的地，奥蕾利斯和魔术家都下了马。书上告诉我们，这时正是十二月的寒霜时季。太阳在盛夏的倾度能射出金黄的光辉来，可是这时它却衰老了，颜色像黄铜一般；它落进了冬至的摩羯宫中，可以说是暗淡无光了。严霜和雨雪毁折了场地上的绿草。正月的两面神[2]长着两套胡子坐在火边，用牛角喝着酒；在他的面前挂的是野猪肉，每个壮士都喊着"圣诞佳节"！

---

1 地球圆形之说在哥伦布发现新大陆之前早已为学者所知。

2 正月神在罗马神话中是两面的：一面对冬，一面对春。

奥蕾利斯一味地对他的导师表示钦佩，使他心悦。求他施展一切能力救他跳出苦境。否则，他就唯有自己一刀刺死算了。因此这位聪明能干的学者怀着怜悯之心，尽其所能，赶紧工作，日夜不停，等候着一个巧合的时机；这就是说，要造出一个现象，用着幻景或其他妙术——我不懂得星象学家的术语——使得她或任何人看了都会心里想或口里说，布勒塔尼的岩石全没有了，或是沉进了地面。最后凑着机缘，做着圈套，运用那害人的迷信法术表演起来。他拿出他的多勒多式的计算表，算得精确；还有种种工具，如百年计、周年计、纪元根等等，[1] 在一两个星期之内，他把所有的岩石似乎都给搬光了。

奥蕾利斯正在失望的边缘挣扎，不知他能否从心所愿，还是终究落空，日夜期待着奇迹到临。当他听说已没有阻碍了，岩石已都不见了，他立即跪在导师脚下，说道："我，奥蕾利斯，可怜的人，现在向你道谢，向我的意中人感恩，你已把我从冷酷的忧郁中救了出来。"他于是来到庙中，他知道在这里他可以见到他的意中人。他凑个机会虚心地向他灵魂的主宰致礼。他说道："我的唯一的最可敬爱的人，全世界中你是我最怕得罪的人——如果不是为了我渴念着你，甚至随时都可死于你的脚下，我就再不敢向你申诉我的苦衷了。我无辜地为你吃尽了痛苦，我的生命要为你而断送了。但你虽可以不顾我的生命，愿你不致违背你的诺言，还请你再加考虑。为了上帝，在你置我于死地以前，愿你先自悔过。你该记得你所承诺的话；我并不是说我有什么权利来抓住你的话柄，不过是要求你恩顾。在那花园中，就正是那个地点，我记得你所给我的诺言，你向我许愿，可以爱我甚于任何其他的人；上帝知道你是这样说的，虽则我不值得你爱怜。夫人，我为了你的威信而讲这些话，也并不完全为要救我自己的生命；我已做到了你所吩咐的事，只要请你去一看。由你怎样决定；不要忘了你的诺言。是死是活，在那花园中的一番话不是我捏造的。一切都在你的手中，我的

1　多勒多是西班牙古城，此种计算表当初是用来计算多勒多的纬度，故名。这里原诗有十余行用了很多中世纪星象术语，无法翻译，从略。

生死全由你支配。——我所知道的是那些岩石已不见了。”

他说罢就走了，她却呆站着，脸上全无一点血色。她从未想到会如此陷入圈套。她道：“啊，事情怎会转变成这样的！我哪里料得到有这样的奇迹出来呢，怎么会有此可能呢！这是违反自然的事！”

她满心忧虑，回到家中，再也不敢移动一步；在一两天当中，她哭泣晕眩，煞是可怜。她不对任何人讲出这满心愁烦，阿浮拉格斯又不在家。她只顾苍白着脸，愁眉不展，自语自诉着。她说道：“呀，命运，我向你诉求，你趁我不备，竟把我束缚住了，我已无法逃脱，不是死，就是受辱；两者之间我只能选择其一。可是我宁死而不愿身子受到羞辱；或损失名誉，或自感欺瞒了人。我深知，唯有一死才可以避免一切。

“从前不是有过多少贞洁的妻子少女，不愿辱身而宁可自杀的吗？真的，许多古人书上都可证明。在雅典有三十个可恶的霸主，于筵席上杀了菲顿，他们存心险毒，竟发令要将他的女儿们逮捕，一丝不挂带来奸污，逼令她们在父亲的血地上跳舞；愿上帝降以灾厄！这些可怜的女儿心中恐惧，各自在受污之前，乘机投井而死；这都是书上记载的。还有黑西拿的人们搜捕了斯巴达的五十个处女，想在她们身上发泄兽性，可是她们不甘屈服，都一一被杀，她们宁可一死而不愿丧失了童贞。那么，我又何必怕死呢？

“请看，暴君亚列斯托克莱底司。他爱了一个女子叫丝丁姆法丽司。一天晚上她的父亲被杀，她径来苔恩娜庙中抱住偶像不肯放手。谁都拖她不开，直到被杀于偶像之旁。女子们既都有如此坚强的意志，决不让男子任意污辱，我想为妻者也一样不能受辱，应可视死如归。

“再看哈斯狄巴的妻又怎样呢？她见迦太基将被罗马攻陷，就和她的儿女们一同跳入火中而死，却不肯受罗马人的凌辱。鲁克丽丝在罗马受了塔昆的奸污，岂不也自杀了？她知道丧失贞操是一件可耻的事。米利都的七个贞女，不肯受高卢人蹂躏，也都惶恐哀痛而死。关于这类的事，我相信还可以指出上千数的史实。即如阿帕雷答第被杀之后，他的爱妻就自杀，且让她的血可以流进丈夫的深而宽阔的伤痕中去，一面说道：‘至少我还能保持身子贞操，不致受到污伤。’

“我何必多举事例呢，许多贤妻淑女不也以一死而保持了贞德吗？所以我的结论是：最好自杀，决不受辱。我一定要为阿浮拉格斯忠诚到底。否则，宁愿设法了结我这性命，像坚贞的德莫形的女儿那样。啊，塞答塞斯呀，你的女儿们也为了贞德而牺牲了，那事迹读来令人何等痛心！希白斯的女子要免遭尼坎诺的毒手，也同样的自杀了，这件事恐更加可悲。还有一个希白斯的女子，因为马其顿的人奸污了她，她也就以身殉节。至于尼塞拉托的妻因同样的处境而自杀，这又何必再提呢？那个忠于阿尔西白底的人，不肯让他的尸骨暴露，宁愿死节，那又是何等坚贞！再请看，阿尔色丝底又是何等可敬的一个妻子[1]！”

朵丽根这样哭诉了一两天，决心要自杀。可是第三天晚上阿浮拉格斯回到家中，问她为什么这样愁哭。她就更哭得伤心。

“啊，我不幸而生！我确是对他这样说的，”她道，“我立了这个誓愿。”——她把一切都告诉了他；那经过我已讲过，不必复述了。

她的丈夫却和颜悦色地答道：“就没有其他的办法了吗？”

“没有了，”她道，“愿上帝救我。我实在受不住了。”

“是的，妻子，”他道，“凡事安定下来了就不必再去惊扰它。大概今天还可以没有事。你的诺言是必须履行的！愿上帝饶恕我，正为了我爱你，我宁愿被利刃刺进心房，却不愿你对人失信：真诚才是人生最高的美德。”说到这里他涌出泪来，说道：“我永远不许你把这件事告诉旁人，以你的生命为证。我将尽我所能忍受苦痛，决不放在脸上，免得人家知道了而贻害于你。”

他于是叫侍从一人和侍女一人来对他们说道：“马上陪着朵丽根到某地方

1　这段下面继续提及许多忠节的妻子，如彭尼洛贝、劳答米亚、保希亚、阿娣米希亚、杜塔、别丽亚、罗独根、伐勒丽亚，等等，译文从略。原诗累载事例，不厌烦琐，本是中世纪文章家及诗人所惯用的体裁。

去。”他们于是告辞，一路跟她走着，却不知道为了什么。他也不告诉任何旁人。

可能你们各位会认为他是个蠢汉，竟让他的妻去遭受困难；但请你们继续听我讲，且慢为她叫屈。也许她还可以迎来好运呢，等你听完故事之后再作断语。

奥蕾利斯一心想着朵丽根，凑巧在城中最热闹的市街上碰见了她，她那时正在履行诺言向花园走去。他也正是要去花园，原来她的行动他是一向注意的。总之，不论是巧遇还是命运，他俩相遇了；他很高兴地打着招呼，问她到何处去。

她似乎神志不清，胡乱答道：“花园里去，是我丈夫吩咐的，要我履行诺言，——唉！——唉！”

奥蕾利斯心中诧异，十分同情她的悲哀，又觉得阿浮拉格斯如此高贵，能责成她履行诺言，不让她失信。他于是非常懊丧羞恨，一再考虑，自觉应该收敛他的欲念，在高尚的品质之前不能做出如此恶劣的行为。因此，他讲了几句话：“夫人，告诉你的丈夫阿浮拉格斯，我已看见了他对你是如何纯正高尚，以及你如何愁痛，他宁愿自己忍辱，却不愿你对我背信，我衷心受到感动，我情愿永远受苦，实在不愿破裂你俩的爱。夫人，现在我放弃你对我所有的保证和诺言，你对我所讲过的话我现在都交还给你，全部取消。我立誓决不以你的任何诺言做根据而谴责你。你是我有生以来所知道的一个最完美、最忠贞的妻子，现在我向你告辞。不过，每一个女子讲话都该小心；让她至少要记取朵丽根的事而警惕。你也可以看到，我虽是一个侍从，却也能同一个武士一样做一件善行。”

她赤露着膝向他跪谢，回去向丈夫讲了这经过。他是如何高兴我也讲不了多少了，不用多加赘述。阿浮拉格斯和朵丽根过着幸福的生活，从此两人之间再没有任何隔膜。他总是把她当王后一般看待，她也忠诚于他。关于他俩的事我讲到这里为止。

奥蕾利斯白送了许多金钱，诅咒自己。“啊！”他道，“我何不幸，我还答应了魔术家要给他一千镑。怎么办呢？我看我的一切都完了。我只得出卖所有祖产，出去行乞。我再不能留在此地，只有带累亲友受辱，除非能请魔术学者照顾我。我去找他，请他让我分年按期缴款，并表示感激。我必须守信，不能欺骗。”

他心中沉重，从箱子里取出五百镑，来找魔术家请他宽恕，并定期偿清余款，说道：“导师，我敢自夸我从不失信。欠你的债我一定还清，不管我的遭遇如何，即使鹑衣遮体，行乞于途，也在所不惜。你能否答应我交出抵押，宽限两三年，到那时我就好了。否则我就唯有出卖祖产。我再没有可说的了。”

魔术家听后严正地答道：“我难道没有履行契约吗？”

“你当然履行了，并且做得很好。”他道。

“你难道没有达到你的愿望、没有得到你的意中人吗？”

“没有，没有。”他道，一面伤心叹息。

“是什么理由呢？你能讲给我听吗？”

奥蕾利斯于是把一切经过又讲了一遍，你们都听见了，不用我重复。他道：“阿浮拉格斯有崇高的品德，宁可悲痛而死，不愿他的妻子不守信实。”他还讲了朵丽根的愁闷，如何不肯做一个不贞的妻，宁愿当天死去，当初她是无意之中发了那个誓言。“她从未听见过什么魔幻之术，因此我心中不忍。正如他自动将她交给了我，我就同样自动地把她交还了给他。这是真情，我没有可以多讲的了。”

魔术学者因而答道：“好朋友，你们每人都彼此做了一件善行。你是一个侍从，他是一个武士。上帝有能，上帝不容，难道一个学者就不能像你们任何一人，也做一件善行！先生，我放弃你的一千镑，只当是你没有认识我，好似你才从地下钻出来的一般。我的一切法术、一切精力，都不要你任何酬报。你已维持了我一个时期的生活，够了。再会。”他骑上马走了。

各位，现在我要请问大家一句话：你们且想一想，他们这三个人，哪一个可算得气量最大？且慢向前走，请你们答我这一问。我的话完了，我的故事也就此结束。

鉴评：我听见了火塘甜蜜的叹息

乔叟与薄伽丘都是十四世纪的人，薄伽丘仅长乔叟不到三十岁，两人属于同一时代，即文艺复兴时代的初期。文艺复兴是一股泛欧性的思潮，在不同的国度都有着共同的特点。这两位作家正是在这股思潮初起之时，推波助澜，造成奇观，为各自的民族文学留下了杰作。

无独有偶，这两位同时代不同民族的作家，他们借以不朽的作品正是两部相似的短篇故事集：《坎特伯雷故事集》与《十日谈》。这两部作品的相似不仅在形式结构上，而且也在思想内容上。

《坎特伯雷故事集》有相当大一部分是爱情故事。在爱情问题上，文艺复兴时期的作家都具有共同的倾向：反对特权与暴力，反对教会的禁欲主义，反对不自然、不合理的婚姻，歌颂恋爱的热情和自然的合乎人性的结合，不论这种结合是婚姻的或婚外的。在这中间，既有由于反对禁欲而流于颂欲的一方面，也有对照社会上层阶级和教会的腐朽卑鄙而颂扬新兴阶级道德感的一面。《坎特伯雷故事集》里，也不乏《十日谈》中那些粗鄙的故事，但总的来说，粗鄙故事所占的比例要比《十日谈》少，而道德的、诗意的成分比《十日谈》多。两者的异同，属于比较文学探讨的范围，我们不在这里讨论。不过，其不同也许和这样一个原因有关，那就是《坎特伯雷故事集》大部分是用诗体写的，诗体总要带来一点诗意。

朵丽根与阿浮拉格斯的故事内容是三角关系：一个有夫之妇受到一个青年的追求，她在一次玩笑中许下了看来永远也不可能兑现的诺言，却没有想到因此而陷入了困境，不过，结果是出人意料的，最后是道德和人格的胜利。这个故事没有半点粗俗的成分，充满了道德感是它在思想内容上显著的特点。这是一首对道德化爱情的颂歌，歌颂的是婚姻的神圣性、夫妇之间的忠贞。

在这篇故事里，忠贞观念得到了作者最热情的赞颂，而女主人公的贞操得到保全、她与自己丈夫的家庭幸福未被扰乱，则是在一种理想的人与人之间的关系中实现的。在这里，矛盾着的各个方面都显示了某种美德，因而使得矛盾得到了妥善圆满的解决。女主人公朵丽根固然“美色无比”，其美德更不逊于其色，她在那样一个热情活泼、漂亮高贵的青年的追求下，始终守身如玉，忠于自己的丈夫，眼见自己不得不履行诺言时，就决心自杀；她的丈夫也高贵得很不一般，他得知自己妻子困难的处境后，为了使她不至于失信丢脸，宁可自己痛苦也要让妻子偷偷地去履行诺言；同样，那个苦恋的情人也极为难能可贵，他对高尚品质的爱好甚于对自己占有一个美丽女性之权利的重视，他见到这对夫妻如此高尚，虽然自己曾煞费苦心，几乎耗尽了家财，但也放弃了要对方履行诺言的权利；还有那个魔术师，他面对着这三个人的美德，也不愿意自外于慷慨善行，竟也放弃了他所索取的代价。哪里见过人与人之间的如此善良、如此舍己为人的关系呢？这只能说是作者的一种空想。

其实，在阶级社会里，忠贞的观念往往只是用来要求妇女，一夫一妻制只对妇女而不是对男子有约束，“破坏夫妻忠诚这时仍然是丈夫的权利”。对于这种男女不平等的状况，文学中曾有这样几种不同的反抗性的描写：一种像《十日谈》中的某些故事那样，作家为了反封建夫权和禁欲主义，往往反其道而行之，用赞赏的笔调写那些妻子和情夫偷情的巧妙，践踏忠贞的观念；一种像后来十八世纪启蒙作家孟德斯鸠在《波斯人信札》中那样，虚构了一个妇女进入了仙境的故事，在那个仙境里，这个妇女拥有了好多男妾，对人世间的夫权狠狠地进行了报复。乔叟在朵丽根与阿浮拉格斯的故事里，则做了不同的处理：他并没有去揶揄忠贞观念，而是把它建立在夫妻完全平等的基础上。朵丽根忠于自己的丈夫，并不是被夫权的暴力和封建义务强制的结果，而是由于他们的结合出自真诚热烈的爱情，特别是由于丈夫对她的尊重和信任，“他按照武士的风尚，向她立誓，自愿此生遵循她的意志，一切都为她的意愿效劳到底”，朵丽根得此尊重和信任，也就如同有了纯洁的天使守护着她的灵魂，因而一直保持着清白。乔叟在这里提出了这样的主题：“若要情谊持久，就必须彼此谦让体贴。爱情是受不住压制的；压力来了，爱神就扑翅而飞，不再返回了！”如果说，上述那两种描写是对封建观念的一种以“毒”攻“毒”的消极反抗的话，那么，乔叟在这篇故事里的处理，则带有正面的积极的性质了。

苹果树

［英国］约翰·高尔斯华绥
董衡巽 译

作者简介

约翰·高尔斯华绥（1867—1933），英国著名的现实主义作家，出身于富裕的资产阶级家庭，青年时期学过法律并取得了律师执照，但很早就转向投入文学创作。他一生写了大量的长篇小说，最为杰出、最为著名的有《福尔赛世家》三部曲（《有产者》《骑马》《出租》）与《现代喜剧》三部曲（《白猿》《银匙》《天鹅之歌》）。小说《苹果树》是他1916年的作品。

“这苹果树，这歌唱，这黄金。”

——穆雷译欧里庇得斯《希波吕托斯》[1]

阿瑟斯特和他妻子在银婚纪念[2]那天，开汽车沿着荒野的边缘一路兜去，他

1 《希波吕托斯》，古希腊悲剧，欧里庇得斯作，公元前428年演出；吉尔伯特·穆雷（1866—1957），英国诗人、教授，以翻译和研究古希腊文学著称。

2 西方风俗：结婚二十五年为银婚，五十年为金婚。

们想在托奎伊[1]过一夜，好好庆祝一番，那是他们初次相遇的地方。这是斯妲拉·阿瑟斯特的主意，她的秉性有点多情的色彩。二十六年前，她那对蓝色的眼睛、花一般的妩媚，恬静的脸容、苗条的身材，苹果花似的气色，具有一股奇妙的魅力，一下子吸住了阿瑟斯特，眼下她四十三岁了，这一切虽说已经消失，却仍是一位可爱而又忠实的侣伴，她两颊略有斑点，蓝灰色的眼睛带有某种阅历丰富的神情。

是她停的车，这里左边走上去就是公地，右边有一狭条落叶松和山毛榉，中间夹着一两棵松树的树林子伸向山谷，林子的一边是公路，一边是荒原第一座长长的高山。她正在寻找一处可以用饭的地方，因为阿瑟斯特从来不管这类事儿。这地方，一边是黄澄澄的荆豆叶子，一边是茵绿细软的落叶松，在四月阳光的余晖里发出一阵阵柠檬的香气——这地方，往下看得见深深的峡谷，往上是一长溜荒原的山冈，对于这个喜欢找浪漫去处画水彩画的人来说，看来是很适宜的地方。她拿起画盒，走出车来。

“这儿行吗，弗兰克?”

阿瑟斯特蛮像留了胡子的席勒，两鬓微白，高个子，老长的腿，灰色的大眼睛神色茫然，有时候却富有深意，可以算得美丽，他鼻子有点偏，留着胡子的嘴唇半张不张的样子。阿瑟斯特四十八岁了，他默默无言，只是拎起放食物的篮子，跟着跨下车来。

“啊呀！弗兰克，你看！一座坟!”

从公地下来的小路正好同公路交叉，并穿过狭树林的峡口。就在这公路边上，有一垄草根蔓生的薄薄的土堆，六尺长、一尺宽，朝西的方向竖了一块石头，有人在上面扔了一根带刺的树枝，一把风信子。阿瑟斯特见了之后，动了诗人的兴致。十字路口，自尽人的冢坟！可怜的俗人，如此迷信！可是躺在这里面

1 托奎伊，英格兰西南部德文郡一市镇。

的倒是得天独厚，不必进那湿冷的墓穴，挤在阴森可怕、志文俗滥的坟墓中间，只消石头一块，就独享辽阔的天空，陌路人的悼念！阿瑟斯特在家里向来不想当什么哲学家，所以他不加评论，只是跨上公地，把放吃食的篮子往墙角一靠，给他妻子铺了毯子，好让她坐，她饿了自会放下素描的，他呢，从口袋里掏出穆雷的《希波吕托斯》译本。他很快就读完塞浦路斯女神[1]和她复仇的故事，这会儿他抬头仰望着天空。他眼望蓝澄澄天上朵朵白云，在这银婚纪念日，渴望着——渴望着什么呢，他自己也不清楚。男人的机体——不适应生活。一个男人的生活格调可能很高，可能一丝不苟，但总有一股贪婪的暗流，一番奢望，一种虚度年华之感。女人是不是也这样？谁知道呢？然而，男人总是图新鲜。热切渴望新的传奇，新的冒险，新的乐趣，却毫无疑问，受到纵乐的折磨，倒不是饥饿的煎熬。没有办法摆脱！文明人啊，真是不适应生活的动物！具有美感的人，不可能想要什么乐园就有什么乐园，不可能如可爱的希腊歌队所唱的，享受“这苹果树，这歌唱，这黄金”，不可能找到人间的天堂，不可能找到能快活一世的避难所——无法同艺术作品相比。艺术作品表现出来的美是永恒的，你看了、读了，永远有那种崇高、静谧、如痴如醉的感觉。人生无疑也有这样美妙的时刻，叫你意想不到的销魂时刻，但麻烦的是，它们好比太阳上面掠过一拃宽的云彩，你不可能留它们在身边，比不得艺术的美经久不变。它们一眨眼就消失，好似你在灵魂本质中见到一点闪闪发光或者黄金般的幻象，看到它茫然沉思的景象。在这个地方，太阳暖融融地照在脸上，杜鹃在带刺的树枝上啼叫，空中飘来荆豆的香味——这个地方，又是细密的羊齿小草，又是星星似的黑刺李，而晶莹的白云高高地飘浮在山峦和昏昏欲睡的峡谷上空。——此时此地，才是这样的景色。但这景象一会儿就过去了——好比潘神[2]的脸儿，躲在岩石后头瞅着你，你一看它，它就不见了。突然之间，他坐了起来。这一带景色，这片公地，

---

1 塞浦路斯女神，指阿弗洛迪忒，是《希波吕托斯》剧中人。

2 潘神是古希腊神话传说中山林与牧畜的神，生活在林间，很怕惊扰。

这条路，他身后这堵墙，他似曾相识。刚才一路兜过来，他不曾注意到，他向来不去注意什么景色；那会儿他正想着虚无缥缈的事情，或者说什么都没想，但是，这会儿，他看到了！二十六年前，正是这个季节，正是这一天，他从离这儿半里的一个农庄出发，上托奎伊去，他这一去可以说永远没有回来过。他突然觉得一阵心痛，他回忆起生平的一段经历，这段美得销魂的经历，他没有能够留住，已经飘向冥茫之界；他回忆起这段被埋没了的往事，那些放荡而又甜蜜的日子，可是很快就中断了，告终了。他转过脸来，两手托住下巴，两眼望着那些短短的小草，望着那蓝色的小小的远志草。……

下面是他回忆起来的往事。

一

五月一日那天，弗兰克·阿瑟斯特和他的朋友罗伯特·加顿一起读完大学的最后一年，正在徒步旅行。那天他们从布兰特出发，想走到查格福德，但阿瑟斯特因为踢足球腿受伤，走不动，可按照他们的路线，前头大约还有七里路。他们坐在路边的一面坡上，这条路正同沿林子的一条小道交叉，他们一边歇歇腿，一边海阔天空地闲聊，反正年轻人都是那个样儿。两个人都身高六尺多，瘦得像芦苇秆似的；阿瑟斯特脸色苍白，一副空想家茫然若失的神情；加顿长得古怪，有棱有角，一头卷发，神情恍惚，像一头原始动物。两个人都有点文学气质，谁也没戴帽子。阿瑟斯特头发平滑，颜色暗淡，有点卷曲，前额两边的头发直竖，好像老是在往后甩；加顿的头发是黑的，乱蓬蓬的一团。他们走了好几里路不见一个人影。

“好伙计，”加顿正说着话，“怜悯无非是自以为是的一种后果，这是近五千年来的弊病。这世界要是没有怜悯倒更好些。”

阿瑟斯特两眼望着白云，回答道：“这可是宝贵的东西啊。”

“好伙计啊，我们现代人的一切不幸都从怜悯而来。你瞧瞧动物，瞧瞧红印第安人，只管他们自身的、偶然的痛苦；再看看我们自己——连人家的牙痛都操心。让我们回返到过去，别愁人家的事，痛痛快快过日子。”

“你永远做不到。”

加顿忧虑地拢一拢他乱七八糟的头发。

“一个人要充分发展，一定不能拘谨。感情上叫自己挨饿是错误的。一切感情都为的是一桩好处——丰富生活。”

“是啊，不过同骑士精神发生冲突怎么办?”

“啊！这真是英国人派头！你一说起感情，英国人便以为你要的是生理上的东西，于是惊慌起来。他们害怕激情，倒不怕性欲——哦，不怕，只要他们能把性欲私下里藏起来。”

阿瑟斯特没有答话，他摘了一朵蓝色小花，朝着天空捻弄。一只杜鹃在树枝上面啼叫起来。这天空，这花朵，这鸟儿的歌唱！罗伯特又在说着痴话！

他说道：“得了，咱们走吧，找一处农家宿一夜。”他正说着话，只见一位姑娘从他们上面的公地走过来。她背衬蓝天，挎着一只篮子，你可以从她胳膊弯里见到天空。阿瑟斯特欣赏美，却不去想这美于他自身有什么好处，心里想道：“多美啊!”风刮着她的粗呢裙子，裙子贴着她身上，把她旧的花便帽吹得一抖一抖的；她灰色的上衣是破旧的，鞋子裂了口，两只小手很粗，红红的，脖子晒黑了。她黑色的头发是波浪形的，凌乱地盖住她宽阔的上额，脸蛋儿短短的，上嘴唇不长，露出一排洁白的牙齿，眉毛又直又黑，睫毛长长的，颜色很深；但她那双灰色的眼睛却无比动人——水汪汪的，仿佛那一天才睁开来似的。她瞧着阿瑟斯特，也许她觉得他的样子奇怪：一拐一拐的，又不戴帽子，两只大眼睛盯着她，头发往后甩着。他头上没戴帽子，没有什么好脱，只好招手表示敬意，说道：

“请你告诉我们，附近有没有农场可以让我们宿一夜的？我的腿坏了。”

“附近只有我们的农场，先生。”她一点不害羞，声音很好听，又柔和又清脆。

“在哪儿？”

“在下面，先生。”

“你们能让我们住一夜吗？”

“啊！我想是可以的。”

“请你引路好吗？”

“好的，先生。”

他一拐一拐地往前走，没有说话。加顿接了话茬：“你是德文郡的姑娘吗？”

“不是，先生。”

“那你是哪儿人呢？”

“威尔士人。”

“啊！我想你是凯尔特人[1]。这么说来，那农场不是你的？”

“是我姑母的，先生。”

“那你姑夫呢？”

“他死了。”

“那么，这算是谁的农场呢？”

“我姑母和我三个表兄弟的。”

“可你姑夫是德文郡人吗？”

“是的，先生。”

1 古代居住在中欧、西欧的部落，后裔今散居在爱尔兰、威尔士等地。

“你在这儿多久了?”

“七年了。”

“你住惯了威尔士，觉得这儿怎么样?”

“我不知道，先生。”

“我想你是不记得了吧?”

“不，我记得的！它可不一样。”

“我相信你说的话!”

阿瑟斯特突然插语：

“你多大了?”

“十七了，先生。”

“你叫什么名字?”

“曼吉·戴维德。”

“这位是罗伯特·加顿，我叫弗兰克·阿瑟斯特。我们原来想走到查格福德去。”

“可惜您腿痛了。”

阿瑟斯特微微一笑，他笑的时候样子是很好看的。

他们往下走，经过狭狭的林子，一下子就到了农场。这是一溜长长的房子，很矮，石头砌的，有玻璃窗，园子里养着猪和鸡，还有一匹老牡马，它们零零落落地散在各处。农舍后面是一座青山，山上长着几棵苏格兰杉树，前面是一座古老的苹果园，果树含苞待放，这个园子一直伸延到河边，再过去是一长片杂草丛生的牧地。一个小孩长着一对黑溜溜的斜眼，正守着一头猪，房子门口站着一个女人，她朝他们走来。

姑娘说：“这是我姑妈纳拉柯姆比太太。”

纳拉柯姆比太太眼睛黑溜溜的，很灵活，像母鸭子的眼睛，她像蛇似的歪着脖子。

“我们在路上遇见你侄女，”阿瑟斯特说，“她觉得你也许会同意我们在这里过夜。”

纳拉柯姆比太太把他们从头到脚打量了一番，回答道：“可以过夜，不过你们得同住一间房间。曼吉，把那间空房间收拾一下，准备一碗奶油。我想，你们该喝点茶了吧。”

那姑娘穿过两棵杉树和一些开茶蘼花的树丛围成的门廊，进了屋，她那鲜艳的花便帽映衬在玫瑰色的花儿和深绿的杉树之间。

“你们不到客厅来歇歇？你们是大学生吧，对不对？”

“过去是大学生，现在毕业了。”

纳拉柯姆比太太像早料到似的，点了点头。

客厅是砖铺的地，桌上一尘不染，椅子擦得发亮，沙发里垫的是马鬃，这客厅收拾得十分整洁，好像从来不曾用过似的。阿瑟斯特一屁股坐在沙发上，双手捧住他的瘸腿。纳拉柯姆比太太看着他，他是一位已故的化学教授的独生子，可是人家在他身上见到贵族气派，因为他总是那么超脱，常常对周围的人浑然不觉。

“这儿有没有小河可以洗个澡的？”

“果园尽头有条小河，可是你坐下去，水还没不到头。”

“多深？”

“嗯，也许是一尺半吧。”

“啊！那就不错了。从哪儿走？”

“穿过廊子，过右边第二道门就是池子，池边有一棵很大的苹果树。河里还有鳟鱼，只要你有本事逮。”

“它们倒有可能逮我们。”

纳拉柯姆比太太笑了一笑，说道：“你们回来的时候，茶就准备好了。”

这个池子是用石头拦成的，底上铺了沙子；旁边是园子最低的一棵果树，密集的树枝几乎全遮住了池子；枝上尽是叶子，花儿还没开——红色的蓓蕾刚要开放。池子狭小，一次只能洗一个人，阿瑟斯特在边上等着，一面搓他的膝盖，一面放眼荒野牧地，只见满是岩石、野树和野花，再过去是一片山毛榉树林，接着就是一片平整的高地。所有的树枝都在风中荡漾，每一只春鸟都在啼唱，阳光斜照下来，草地上出现明明暗暗的斑纹。他想到忒俄克里托斯[1]，想到戚威尔河[2]，想到月亮，想到眼睛像晨露的姑娘：他想到的东西太多了，等于什么都没有想，他只感到快活得出奇。

二

那顿茶点开始得很晚，却很丰富，有鸡蛋、奶油和果酱，有新鲜的薄饼儿，上头还洒了点橘黄色的果丝，喝茶的时候加顿大谈凯尔特人的问题。他说的是凯尔特民族觉醒的时期，他发现这家人有凯尔特人血统，激动起来，把自己也当成凯尔特人了。他伸开四肢靠在马鬃沙发上，嘴唇边角叼着一支自己卷的香烟，两只冷峻的眼睛盯着阿瑟斯特的眼睛，正在赞美威尔士人如何精细。从威尔士来到英格兰，就好比是从瓷器堕落到陶器。弗兰克这该死的英格兰人，当然欣赏不了威尔士姑娘精致的心灵和丰富的感情！他一面轻轻地抖了抖还没干的一团黑黑的头发，一面说明曼吉如何正好体现十二世纪威尔士行吟诗人某某莫尔根的作品。

阿瑟斯特全身躺在马鬃沙发上，腿伸在沙发处面，抽着一只深色的烟斗，没有去听加顿说什么话，曼吉端一盘薄饼进来的时候，他端详着她的脸。他就

1　公元前3世纪古希腊田园诗人。

2　戚威尔河，英格兰中部一条河流，汇入泰晤士河。

好像见了一朵鲜花，或者自然界一件美丽的东西，可是她微微一怔，低着头出去了，轻盈无声，像是一缕青烟。

“我们上厨房里去，”加顿说，“再去看看她。”

厨房刷得雪白，墙角挂着熏火腿；窗台上放着花盆，枪支悬挂在钉子上，还有奇形怪状的杯子、瓷器和锡镴器皿，再加上维多利亚女皇的肖像。一溜狭长的木头桌子，上面放着碗和勺，桌子上头高高地吊着一大捆葱；两只看羊狗、三只猫躺在厨房里。凹进墙里去的壁炉一边坐着两个肤色淡黄的小男孩，乖乖地待在一边；另一边坐着一个健壮的年轻人，浅色的眼睛，红润的脸色，头发和眼毛都是亚麻色的，同他正用来擦枪管子的麻团一个颜色。纳拉柯姆比太太站在他们中间，正出神地在锅里炖着一锅香味十足的菜。有两个乜斜着眼、黑头发的年轻人，跟两个小孩一样，一脸狡诈，正懒洋洋地靠在墙上说着话。一个胡子刮得光光的矮老头，穿着灯芯绒裤子，坐在窗台上，仔细地读着一份破旧的杂志。只有曼吉姑娘一个人在忙碌——从桶里把苹果汁灌到壶里，端到桌上去。加顿见他们快吃饭了，就说道：“啊哟！你们允许的话，我们等你们吃完晚饭再来。”他们没等回答，又回到客厅里去了。但是，厨房里色、香、味俱全，气氛温暖，还有那些个不同的脸儿，更衬得明净的客厅冷冷清清，他们各坐原位，怏怏不乐。

“那些孩子是普通的吉卜赛人类型。只有一个撒克逊型，擦枪的那一个。那个姑娘是微妙心理的典型。”

阿瑟斯特撇了一撇嘴。他觉得加顿这个时候真像个笨蛋。微妙心理的典型！她是一朵野花。叫人看了舒服的生灵。什么典型！

加顿接着说：“她感情一定丰富。不过她还没有觉醒。”

“你想去唤醒她吗？”

加顿看了他一眼笑了。他撇嘴一笑，好像是说：“你这个粗俗的英格兰人！”

阿瑟斯特抽着烟斗。叫她觉醒！这个笨蛋自以为了不起！他推上窗户，向外眺望。暮色加深了。农场的房子和磨坊依稀难辨,蓝沉沉的,苹果树林成了模模糊糊的一片;空中都是厨房里烧柴的味儿。一只迟睡的鸟儿好像受了夜色的惊扰,吱吱地叫着,心里不大踏实似的。马厩里传来马边吃草边抽鼻子、蹬踹的声音。远处是朦胧的荒野,再远一点是还没有亮透的含羞的星星,在深蓝色的空中一闪一闪。一只猫头鹰用发抖的声音叫着。阿瑟斯特深深地吸了一口气,这夜晚出去散步有多好啊!小路上传来没装蹄铁的马啪啪的脚步声,三个模糊的黑影过去了——那是夜间遛的小马。只见毛茸茸的黑色的马头掠过园门。他磕了一下烟斗,落下一些火星,马儿惊了,掉头就跑。一只蝙蝠飞过,发出几乎听不见的"喊喊"声。阿瑟斯特伸出手去,手心上感到露水的凉意。突然他听见楼上传来小孩含糊不清的说话声,脱掉小靴子扔在地上的声音,还有一个清脆而又柔和的声音——毫无疑问,那是姑娘在伺候孩子们上床,"不行,里克,不许把猫放在床上",这句话听得清清楚楚;接着是一阵争夺的咯咯笑声,轻轻地打了一下,又是一阵笑声,笑得这么轻,这么好听,阿瑟斯特微微一怔。蜡烛一吹,一条火柱闪向黑昏的上空,接着灭掉了。于是,一片安静。阿瑟斯特回到房里坐下,他的膝头痛,心里不高兴。

"你到厨房去吧,"他说,"我要去睡了。"

三

阿瑟斯特平素很快就睡着了,没有一点声响,睡得很顺当,但是,他朋友进来的时候他好像熟睡,其实清醒着呢。这屋子房顶很低,加顿躺在另一张床上,鼻子朝上,睡得呼呼的,而阿瑟斯特还在听猫头鹰叫。他除了膝盖痛之外,没有什么不称心的事情——这位年轻人在黑夜里不用操心生活上的事。其实他没有什么好操心的：他刚刚注上册，去当律师，文学上又有抱负，前程似锦，父母亲双亡，自己一年又有四百镑的收入。他上哪儿去，他干什么，什么时候干，这一切成什么问题？他的床是硬的，可以免得过于兴奋。他躺着，用鼻子吸进从他头旁窗格子渗进房来的夜气。他只是对他的伙伴有点恼火，这是自然的，你跟他一起步行了三天了嘛，除了这一点，那一晚上阿瑟斯特脑子里浮起的景象是美好的、热切的、动人的。有一幕景象分外清晰，他当时不曾去注意，所以他说不清为什么这会儿去想它，那就是那擦枪的年轻人脸上的表情：殷切地、集中地、惊慌地抬起头，朝厨房的门口看着，目光一下子又转到端着果汁壶的姑娘的身上。这张脸红润润的，蓝色的眼睛，浅色的睫毛，短短的头发，给他印象之深，不下于那位姑娘，她那张脸儿洁莹似露，这么单纯。末了，他透过没有帘子的方窗户，见到曙光挤进黑幕，听到一只乌鸦朦胧嘶哑的叫声。接着鸦雀无声，一片死寂，后来一只没有醒透的画眉唱起歌来，冲破了寂静。阿瑟斯特看着窗框里亮堂起来的天空，渐渐睡着了。

第二天，他的膝盖肿得很厉害；徒步旅行显然是不行了。加顿次日必须返回伦敦，所以正午走了，走的时候似讽非讽一笑，叫阿瑟斯特好不恼火，等他大跨步地拐过陡峭的小路，身影消失之后，阿瑟斯特才消了气。阿瑟斯特一整天坐在杉树廊子旁边一把绿色椅子上，保养膝盖，脚下是一块草地。那个地方，树根、石竹在太阳光的照射下散发出香气，还有花蕾正待开放的树丛里传来的一股幽香。他快活得跟天使似的，又吸烟，又幻想，四处眺望。

春天的农场处处生机盎然——什么芽呀、壳呀，都长出东西来，人们如痴如迷地观察这些新东西的长出来，又是喂养又是护理。这年轻人坐在那里纹丝不动，一只雌鹅迈着庄严稳重的步子，跟着六只黄脖子、灰背毛的小鹅跑到他脚边，在青草叶片上磨它们的小嘴。不是纳拉柯姆比太太便是曼吉姑娘，常来问他要不要什么东西，他总是回答：“不要什么，谢谢。这儿挺好。”到了喝茶的时候，她们一起过来，端了一只碗，里面放着一长条黑色的什么药膏，她们仔细认真地瞧了又瞧，把药敷在他红肿的膝盖上。她们走了之后，他想起姑娘轻轻地叫“啊哟”一声，想起她同情的目光，又想起她眉头的一皱。这时他又对他的伙伴感到一阵不可理喻的愠怒，他说了她这么多蠢话。她端茶出来的时候，他问道：“你觉得我那个朋友怎么样，曼吉？”

她抿上嘴唇，生怕笑出声来不礼貌。“那位先生很滑稽，他叫我们发笑。我想他是很聪明的。”

“他说了什么话叫你们发笑呢？”

“他说我是行吟诗人的女儿。他们是谁啊？”

“威尔士诗人，生活在好几百年以前。”

“请问我为什么是他们的女儿呢？”

“意思是说你就是他们吟唱的那种姑娘。”

她皱了皱眉头：“我想他是开玩笑。我是他们的女儿吗？”

“如果我说了，你相信吗？”

“哦，我相信的。”

“嗯，我认为他说得对。”

她笑了一笑。

阿瑟斯特心里想：“你是一个美人！”

“他还说乔是撒克逊型。那是什么样子？”

“哪个是乔？蓝眼睛、红皮肤那一个吗？”

“是的。我姑夫的外甥。”

“这样说来，不是你表哥喽？”

“不是的。”

“嗯，他是说乔像一千四百年前跑来征服英格兰的那族人。”

“啊！那我知道。可他是那族人吗？”

“加顿对那类事情着了迷，不过我应该说，乔看来是有点像早期撒克逊人。”

“是的。”

这一声“是的”把阿瑟斯特逗乐了。他说的话，很明显她是不懂的，可是这两个字她竟回答得这么干脆，这么顺畅，这么肯定，很有礼貌地同意他的说法。

“他说别的男孩都像一般的吉卜赛人。他不该说那种话。我姑妈笑了，可是心里当然不高兴，我那些表弟都生气了。姑夫是农民——农民不是吉卜赛人啊。叫人家难过是不对的。”

阿瑟斯特想拉她的手，捏一捏，但他只是回答：“说得对，曼吉。唉，我昨天晚上听你弄小家伙上床了。”

她红了红脸。“请喝茶吧，快凉了。我要给您拿些点心吧？”

“你有没有工夫忙你自己的事？”

“有的。”

“我一直在观察，我还没有看见。”

她迷惑不解，皱着眉头，接着脸红了。

她走了之后，阿瑟斯特心想：“她以为我是开她玩笑吗？我才不呢！”他处在那个年龄：正如诗人所说，在某些男人眼里，“美啊就是花儿”，于是引起一阵阵对女士献殷勤的想法。阿瑟斯特从来不大注意周围的事，过了好一会儿才发觉加顿称为“撒克逊型”的青年正站在马厩门边，他一身装束好不鲜艳：棕色的绒带，土黄色的高筒靴，配上蓝色的衬衫，红润的胳膊，红润的脸，太阳把他亚麻色的头发映染成黄黄的。他呆头呆脑地站在那里，一动不动，脸上没有一丝笑容。临了，他注意到阿瑟斯特正看着他，就穿过庭院，走步的姿态一副年轻乡绅的派头，以为步子缓慢、腿脚沉重是丢脸的事，接着消失在屋后，朝厨房门口去了。阿瑟斯特热烈的情绪凉了半截。乡下人！你心眼再好，也没法同他们打交道！然而，你看看那位姑娘！她的鞋是破的，手很粗糙；但是——这有什么呢？是不是如加顿所说，她真的是凯尔特血统？她天生是一位高贵的妇女，哪怕她只有会读会写的水平！

昨天晚上，他在厨房里看见的那位胡子刮得干干净净的上年纪的人，带着一条狗赶着牛群去挤奶。阿瑟斯特看到，他的腿是瘸的。

“你这些奶牛不错啊！”

瘸子脸上露出了喜色。他的眼睛朝上眨，长年累月的受苦人常常是这样的：“是啊，这些牛不错，奶也好。”

“我看奶准好。”

“您腿见好了吧，先生？”

“谢谢你，好起来了。”

瘸子摸摸自己的腿说：“我吃过苦头。真叫人发愁，我这膝盖。我这脚坏了十年了。”

阿瑟斯特发出一些同情的叹息，不靠别人、自己有收入的人这种同情来得自然，瘸子又笑了。

“虽然这样说，我也不叫苦——现在也不大痛了。”

“啊呀！”

“真的，跟过去比较比较，现在跟好腿一般。”

“她们给我敷上了药包。”

“是姑娘采的药。这好姑娘会弄花。有的人就懂什么花治什么病，我母亲就有这种少见的本事。我盼您痊愈，先生。回头见，先生！”

阿瑟斯特笑了起来。“会弄花”！她自己就是一朵花嘛。

那天晚上，他吃的是冷鸭子、凝乳甜食和苹果汁，吃完之后，姑娘进来了。

“姑母说——您要不要尝一块我们五朔节[1]糕？”

“我可以上厨房吃去吗？”

---

1 春天的节日。

“啊，可以啊！您一个人在这儿会想念你朋友的。”

“我才不想念他呢。你准知道他们不会不高兴？”

“谁会不高兴？我们都欢迎您去。”

阿瑟斯特一下子起得太猛，僵硬的膝盖一晃，又坐了下来。姑娘喘了一口气，伸出手来。阿瑟斯特握着这双粗壮而又红润的小手，他真想把它放在嘴边吻吻，却控制了自己，让她把自己拉起来。她紧挨他身边，让他扶她的肩头。他扶着她的肩走出房。那个肩头，他好像从来没有碰过这么叫人惬意的东西。不过他头脑清醒，在架子上取下拐杖，放开她的肩头，自己走到厨房里去。

那天夜里他睡得香极了，醒来时候他膝盖差不多消肿了。上午他仍坐在草地的椅子上，忙着写诗。下午他跟着涅克和里克两个小孩散步。这是星期六，他们放学早。这两个六七岁的黑黑的小鬼又机灵又腼腆，可一会儿话就多了，因为阿瑟斯特有办法对付孩子。到四点钟光景，怎么弄死生命的办法，他们都一一表演给他看了，就是抓不住鱼。不过他们撅着屁股，肚子贴在小河边上，表示他们也有这份本事。当然，他们什么也没抓到，他们又喊又笑，什么有斑点的东西一露出水面就给吓跑了。阿瑟斯特坐在山毛榉树树墩旁边的石头上，瞧着他们，一边听着杜鹃歌唱。末了，大孩子，不那么淘气的涅克跑来，站在他身边。

“这个吉卜赛妖怪就坐在这块石头上。”他说。

“什么吉卜赛妖怪？”

“不知道，我没见过。曼吉说他就坐那儿，老吉姆见过他一回。我们小马踢我爸脑袋瓜的头一天晚上，他就坐在那儿。他拉提琴。”

“他拉什么调子？”

“不知道。”

“他怎么个样子？”

“长得黑黑的。老吉姆说他浑身上下全是毛。他是个好妖怪。夜里才来。”孩子两只乜斜的黑眼睛睁得大大的。“你说他会来抓我吗？曼吉害怕他。”

“她见过他吗？”

“没有。她不怕你。”

“我看不会怕我。她为什么要怕我呢？”

“她为你祷告。”

“这小鬼，你怎么知道？”

“我睡着了，她就说‘上帝保佑我们，保佑阿谢斯[1]先生’。我听见她这么轻轻地祷告来着。”

“你这小鬼，不该听的你听了，还说呢！”

小孩不说话了。接着蛮劲儿又来了：

“我敢剥兔子皮。曼吉她就不敢。我喜欢看兔子流血。”

“啊！你喜欢看流血，你这个小魔鬼！”

“什么叫魔鬼？”

“喜欢损害人家的叫魔鬼。”

小孩瞪着眼喊起来：“是死兔子啊，就是我们吃的兔子。”

“那可以，涅克。对不起。”

“我还敢剥青蛙皮。”

但是，阿瑟斯特的心已经不在了。“上帝保佑我们，保佑阿谢斯先生！”涅克见他突然出了神，就回到河边去，河边又立刻热闹起来，又是笑又是叫。

曼吉给他送茶来的时候，他问道：“吉卜赛妖怪是什么，曼吉？”

她抬起头来，很吃惊的样子。

“他叫人倒霉。”

“你当然不相信有鬼的喽？”

“我希望一辈子见不到他。”

1 小孩发音不准，读错了音。

“你当然见不到。没有这种东西。老吉姆看见的是小马。”

“不是小马！岩石堆里有妖怪，他们好多年以前是人。”

“怎么说也不是吉卜赛人。这些老头儿死了好久以后吉卜赛人才来呢。”

她只是回答：“他们都是坏人。”

“为什么呢？就是有的话，他们也是野生的，跟野兔似的。花是野的，可并不坏呀。带蒺藜的树，大家不会去种——你也不把它们放在心上。我晚上去看看你的妖怪，同他谈一谈。”

“啊哟，您别去！您别去！”

“啊哟，我要去！我要去，坐在他的石头上。”

她交叉紧握着两只手：“啊哟，请您别去！”

“这有什么呢！我出了事同你有什么关系呢？”

她没有答话。他像闹别扭似的说道：“嗯，我敢说我看不见他了，因为我看我得快点走了。”

“走？”

“你姑妈不愿意留我在这儿。”

“啊呀，这怎么会呢？我们夏天总是出租房间的。”

他边盯住她的脸边问道：“你愿意留我吗？”

“愿意。”

“我今天晚上为你祷告！”

她满脸通红，蹙着眉头，跑出房去。他坐在那里咒骂自己，一直骂到茶煮好的时候。这好比是他用举重的靴子乱踢一簇盛开着蓝花的风信子。他为什么说了这么愚蠢的话呢？他岂不是跟罗伯特·加顿一样，很不了解这位姑娘，也是个城里的笨蛋大学生？

四

接着的一个星期，阿瑟斯特在乡间近处走走，试试他的腿恢复得怎么样。今年的春天于他是一个启示。他欣喜若狂，欣赏那山毛榉粉红的蓓蕾背衬着蓝天，施展在阳光之中，欣赏那罕见的苏格兰杉树给强烈的光照晒成黄褐色的树枝，再看看那落叶松，被风刮得弯下腰来，风吹着黑锈色树丛上面的绿叶，如此富于生气。再不，他就躺在河岸上，看着那野生的紫罗兰，躺在枯死的蕨草里，玩赏悬钩子粉红、透明的花蕾，杜鹃在叫，啄木鸟在笑，高处的百灵鸟在低婉地歌唱。这当然跟他以前经历过的春天不一样，因为春天就在他心中，不在身外。白天他几乎看不见这一家人；曼吉进来送饭的时候，她不是张罗屋里的事，便是照看院子里的小孩，总是没工夫多谈谈。到了晚上，他到厨房里去，往窗台上一坐，边吸烟边同腿瘸的吉姆或纳拉柯姆比太太谈天，姑娘做针线活儿，或者忙来忙去，收拾碗碟。有时候他感到一阵高兴，那劲头跟猫高兴起来一个样，因为他感觉得到曼吉那双水汪汪的灰眼睛老在盯着他，含情脉脉，这使他分外得意。

那是一个星期天的黄昏，他正躺在果园里，一边听画眉歌唱，一边创作情诗，他听到大门闪动的声音，只见曼吉急急忙忙从果树林间跑来，脸色红润润的，健壮的乔在后面紧追她。他们跑到距离他二十码的地方，停了下来，两个人你瞧着我，我瞧着你，谁都没注意草地上躺着一个人。那青年一步步逼来，姑娘用手挡着他。阿瑟斯特看得见她的脸儿，气冲冲的，情绪纷乱，那个青年的脸——谁会想这红脸的乡下佬会癫狂成这般模样！阿瑟斯特难受得看不下去，猛地站了起来，这时他们才看见他。曼吉放下手来，躲在树后头；青年气冲冲地咕哝了一声，奔向前去，爬过岸坡，不见影儿了。阿瑟斯特慢慢地向她走去。她站在那里，一动不动，紧咬着嘴唇，秀丽的黑发披在脸上，两只眼睛瞅着地——真是美丽极了。

他说："对不起。"

她睁大了眼睛，抬头看了他一眼，接着吸了一口气，掉头就走。阿瑟斯特跟在她后面。

"曼吉！"

但她还是往前走，他一把拉住她的胳膊，轻轻地拨过她身子来："别走，你跟我说话啊。"

"您为什么说对不起我呢？您不该向我道歉。"

"好吧，那么向乔道歉。"

"他怎么竟敢追我？"

"我想是爱上你了吧。"

她跺跺脚。

阿瑟斯特扑哧一笑。"我去揍他脑袋好不好？"

她突然激动地喊道："您讥笑我——您讥笑我们！"

他抓住她两只手，可是她往后退，一直退到一簇簇苹果树粉红的花蕾碰到她激动的小脸和散乱的黑发。阿瑟斯特握着他抓住的她的一只手，抬起来，放到自己唇边。他觉得自己是多么尊重女性，比那个乡下佬乔高明多了，他竟用嘴来回擦那只粗壮的小手。她骤然停了下来，仿佛颤抖地向他靠过来。阿瑟斯特感觉一股温存的热流从头暖到脚。这么说来，这位苗条的姑娘，这么纯洁、美丽的姑娘高兴了，他把她的手放到他唇边她高兴了！他一下子冲动起来，伸出双手去拉她，搂在自己怀里，吻她的前额。接着他害怕了，因为她脸色变得这么苍白，闭上眼睛，又长又黑的眼睫毛搭在颊上；她两只手垂在身边，不会动弹了。她的胸脯贴在他身上，他感到一阵哆嗦。他叹了一口气，叫一声"曼吉"，松开了她。寂静无声之中，画眉叫了起来。临了，曼吉抓住他的手，放在自己的脸上、心坎上，又放在唇上，热情地吻了吻，接着逃走了，消失在满身青苔的苹果树中间。

阿瑟斯特在一棵几乎与地面平齐的歪扭的老树上坐了下来，心慌意乱，望着刚才盖过她头发的花蕾出了神，粉红色的蓓蕾之间，只开着一朵白色的苹果花。他刚才干的什么事？他怎么让美丽或者只是让春天弄得如此神魂颠倒！不过，他感到幸福得出奇；他感到幸福、得意，浑身一阵阵哆嗦，又模模糊糊地觉得恐慌。这预告了什么？蚊子叮他，飞舞的小虫子想飞到他嘴里去；他觉得他周围的春意越来越可爱，越来越活泼；杜鹃的歌唱，画眉的鸣叫，啄木鸟的欢笑，斜照的夕阳，她头上那朵苹果花……他从老树干上站了起来，大步走出果园，他需要空间，需要辽阔的天空，来消受这些新鲜的感觉。他走向荒原，树丛里一棵白蜡树上飞出一只喜鹊来给他引路。

男人从五岁开始，谁敢说没有恋爱过？阿瑟斯特在跳舞班上爱过他的舞伴，爱过护理他的家庭女老师，爱过假日同他一起游玩的姑娘们，可以说他没有不恋爱的时候。他总是珍惜这份多少总有点模糊的爱慕，但是这一次不同，一点也不模糊。这是一种崭新的感觉，叫人愉快极了，他感到自己已经完全长大成人。把这么一朵野花捏在手指头里，能够放在唇边吻吻，能够感到她高兴得颤抖起来！真令人魂销，又叫人害臊！怎么办呢？下一次怎么同她见面呢？他头一次吻她，心是平静的，出于同情之感；但是，接着的一次可不一样了，因为她已经热乎乎地吻过他的手，把他的手放在自己心坎上，他知道她是爱上了他。有的人性子变粗鲁，因为爱情是人家赐给他们的；另外的人呢，比方阿瑟斯特，因为感到奇迹来临，性情又游移又热切，温暖柔和起来，简直是意气扬扬。

他在这多石的小山上，内心非常矛盾，既想热切地欢庆一番他心中新的春意，又模模糊糊感到一阵非常现实的不安。一会儿，他得意忘形——居然俘虏了这位漂亮、可靠、水盈盈的姑娘，过了一会儿，又严肃地思考起来：“啊哟，老兄！小心你干的事！你知道会有什么后果！”

夜幕降临，他没有注意到。夜色笼罩在雕塑似的岩石堆上，一派东方古国的情调。自然发出声音“这是你的新世界！”他好比是清晨四点起床的人，领略夏天早晨的景色，鸟兽树木都看着他，他仿佛感到这是一个新生的世界。

他在那里一待好几个小时，后来天凉了，他摸黑绕过石头和各色各样的树根，回到路上，又穿过荒野牧地，来到果园。他划了一根火柴，看看表。快十二点了！果园现在一片漆黑，万籁俱寂，跟六小时前鸟语花香的姗姗时光何等不同！突然，他用外界人的眼光来审察他这首田园牧歌，他仿佛看到纳拉柯姆比太太的脖子蛇似的一扭，黑眼珠子骨碌一转，把一切看在眼里，这张精明的脸板了起来；他仿佛看到那些吉卜赛人似的表弟在狞笑，信不过他；乔呆头呆脑，很是生气；只有瘸腿的吉姆，一副受苦人的目光，好像还不错。还有村里的小酒店！他散步时碰见的好说闲话的家庭主妇；再有，他自己的友人，他想起十天前罗伯特·加顿走的时候那副笑容，似讽非讽，一副早就料到的神气！真叫人讨厌！不管你愿不愿意，你得活在这冷嘲热讽的尘世上，他当时真是恨透了。他紧挨着的大门有点亮了起来，他眼前掠过一道微光，微微地照亮了蓝沉沉的黑夜。月亮！他看见月亮刚刚悬在山坡后面，红红的，几乎圆了——好奇怪的月亮！他转过身来，走上小路，路上散发出黑夜、牛粪与新叶子的味道。在堆草的院子里，他看得见牛群的黑影，只有它们的弯角闪出微白的光，好比倒竖起这么多小月亮。他蹑手蹑脚，拉开农场大门的插栓。屋里都黑了。他放轻脚步，走进门廊，躲在一棵紫杉树后面，抬头看曼吉的窗户。她的窗开着。她是睡着了，还是躺着没有睡着？说不定因为他不在，她心里不安，不高兴？他站着抬头张望的时候，一只猫头鹰叫了起来，叫声好像填满了整个黑夜，因为周围一切都非常静寂，只有果园下头的小河传来永不休止的潺潺声。杜鹃白天啼叫，现在猫头鹰叫——它们多么奇妙地传达出他心中纷繁杂乱的激情。突然，他看见她在窗口，向外张望。他离开杉树几步，轻轻地叫：“曼吉！”她缩了回去，不见了，接着又出现了，倚着窗子往下看。他轻轻地在草地上向前走了几步，下巴撞在绿色的椅子上发出响声，他屏住声息。她伸下来的胳膊和脸儿，灰白模糊，纹丝不动；他把椅子往前挪，轻轻地站了上去。他往上伸手，刚刚能够得着。她手里拿着开前门的大钥匙，他抓住握着冰冷钥匙的火热的手。他只看得见她的脸，嘴唇间洁白的牙齿，披散下来的头发。她还穿着衣服——可怜的人儿，准是等着他呢！“美丽的曼吉啊！”她粗糙、火热的手指缠住他的指头；她脸上有一副奇异的、迷惘的神情。够得着她的脸儿有多好——哪怕用手！猫头鹰叫了，蔷薇树丛的香气冲到他鼻孔里来。接着农场一只狗叫了起来。她松开手，退了回去。

“再见，曼吉！”

“再见，先生！”她走了！他叹了一口气，退回到地上，坐在椅子里，脱掉靴子。没办法，只好溜进去睡觉。然而，他一动不动，望了很长时间，脚踩在露水上，凉冰冰的，他沉醉在回忆之中，想起她那迷惘的微微带笑的脸儿，想起她用火热的指头紧紧地缠住他，把冷冷的钥匙塞他手里。

五

他虽然没有吃晚饭，但是第二天醒来的时候，感到好像是头天晚上吃得太多了似的。昨天的韵事仿佛缥缈而又朦胧。可是，早晨天气非常之好。春天终于降临了：一夜之间，孩子们叫“金杯”的那种花好像占据了所有的田野，他从窗口望出去，满园子都是苹果花，园子像铺了一条红白相间的花被单。他走下楼去，有点怕见曼吉的面，然而端饭进来的不是曼吉，而是纳拉柯姆比太太，他见了大失所望，感到恼火。那女人今天早晨好像眼珠子转得更快，蛇似的脖子扭动得更加灵活。难道她已经注意到了？

“您昨天晚上跟月亮一起散步了，阿瑟斯特先生？您在别处用饭了吗？”

阿瑟斯特摇摇头。

“我们给你留着饭呢，不过我想您脑子太忙乎，想不起吃饭这种事了吧？”

她的口音仍保留着某些威尔士话的清脆味，而没有沾染西部的喉音，她用这种嗓门说话，是不是在挖苦他？她知道了怎么办呢！那个时候，他想道：“不，不，我走吧。我不能处在这种虚妄尴尬的处境。”

但是，吃罢早饭之后，他渴望见到曼吉，这种渴望越来越急迫，又害怕人家对她说了什么话，把一切都毁了。她不露面，他见不着她，这可是不祥之兆啊！昨天晚上他在苹果树底下写的情诗，写得这么认真，这么入迷，现在看来不值一顾，他撕掉了捏成点烟斗的纸捻儿。她没抓住他的手吻的时候，他懂得什么爱情！现在呢，他还有什么不懂的？但是，把它写下来，简直乏味透顶！他上楼到睡房里去拿一本书，见她正在拾掇床铺，他心跳得很厉害。他站在门口看着她，突然他见她俯下身去，吻吻他的枕头，正是他昨天晚上头枕得凹下去的地方。他真乐坏了。怎么能让她知道他已经看见了她这一亲昵的举动呢？要是偷偷地溜走，叫她知道了，反而不好。她拿起枕头，抱住它，好像舍不得抹掉他脸颊的印记；她放下枕头，转过身来。

“曼吉！”

她用两手捂住脸，可是眼睛像是盯住他。他从来没有想到，这对水汪汪的眼睛含有这样纯洁、动人、真挚的深情，他支支吾吾地说道：“你真好，昨天晚上一直等着我。”

她还是不说话，他巴结着说下去：“我一直在荒野上散步；夜色真是好。我——我上楼是来拿书的。”

他见到她刚才吻他的枕头，这个举动顿时叫他冲动起来。他走上前去，用嘴唇吻她的眼睛，心里分外激动：“我吻了她！不管怎么说，昨天是突然发生的，今天，我可吻了她了！”姑娘的额头依偎在他的嘴唇上，他的嘴唇往下移，吻到了她的嘴唇。那是一对恋人头一次真正的亲吻——陌生奇妙，又带点无瑕的稚气，谁的心房最纷乱呢？

“今天晚上等他们睡下了，你到大苹果树下来。曼吉——答应吧！”

她轻声回答：“我答应。”

接着，他见她脸色苍白，心里就怕，他什么都怕，怕一切，就松开了她，回到楼下。啊哈！他现在已经完成了：他接受了她的爱情，也宣布了自己的爱情！他走出门去，到绿椅子跟前，手上仍是没有书。他坐在那里，茫然地望着前面，又得意又悔恨。而就在他鼻子底下，在他背后，农场的活儿正在进行。他在那奇怪的茫然神态之中，究竟望了多长时间，他自己也不知道，后来看见乔站在他后面靠右边的地方。这年轻人准是刚从地里干了重活儿回来，只见他轮番地息着两条腿，气喘吁吁，满脸通红，好比正在下落的太阳，蓝色的衬衣卷起了袖子，两条胳膊像桃子熟了的颜色，也像桃子似的，毛茸茸的，发着亮光。他张着红润的嘴唇，眼睫毛是浅黄色的，蓝色的眼睛，直盯着阿瑟斯特。

阿瑟斯特冷冷地说：“好啊，乔，有什么事情要我帮忙吗？”

“有的。”

“什么事呢？”

“你可以离开这里了。我们不需要你。”

阿瑟斯特这张脸本来就不谦逊，这回越发高傲了：“承蒙你通知我，但是，你明白，我倒喜欢别的人自己来跟我说。”

年轻人向前走了两步，一股热汗的味道冲进阿瑟斯特鼻孔里。

“你在这里待着干什么？”

“我乐意。”

“等我砸了你的脑袋，看你乐意不乐意。”

“真的！那你什么时候开始砸呢？”

乔只是大声地喘着气，可是两只眼睛鼓了出来，好似一头小公牛生了气。

接着脸上一抽一抽的，像痉挛似的："曼吉不要你。"

这个粗壮、大声喘气的乡下佬说这种话，阿瑟斯特一阵妒忌一阵蔑视好不生气。他控制不了自己，跳将起来，把椅子往后一推。

"你见鬼去吧！"

他刚说了这句话，就见曼吉站在门口，怀里抱着一只棕色的小狗。她快步走到他跟前。

"它眼睛是蓝的！"她说。

乔转身就走，他后脖子可真是通红通红的。

阿瑟斯特用手指头摸摸她怀里这只棕色小动物的嘴巴。它躺在她怀里多惬意啊！

"它已经喜欢你了。哎哟！曼吉，什么东西都喜欢你。"

"请问，乔跟你说些什么？"

"他叫我走开，说你不要我在这儿待着。"

她顿顿脚，抬头看看阿瑟斯特，那是爱慕的眼光，他见了感到身上一阵哆嗦，正好似见到一只飞蛾烧焦了它的翅膀。

"今天晚上！"他说道，"别忘了！"

"不会的。"她用脸蛋衬着小狗肥胖、棕色的身子，她悄悄地溜回屋里去了。

阿瑟斯特漫步穿过小路，来到草地门前，遇见瘸腿的人带着一群母牛。

"好天气啊，吉姆！"

"啊哟！长草的天气啊。今年白蜡树比橡树发得晚。'橡树要是发得比白蜡树早——'"

阿瑟斯特漫不经心地问道："吉姆，你瞧见吉卜赛妖怪的时候，它站在什么地方？"

"大概是那棵大苹果树底下吧。"

"你现在真的认为它是在那儿吗？"

瘸子小心翼翼地回答："我不敢说它不在那儿，我印象是就在那儿。"

"你说它究竟是谁？"

瘸子压低了嗓子说道："他们都说，我们那位老主人，纳拉柯姆比先生，是吉卜赛血统。可这只是说说的。吉卜赛人，您知道，喜欢把谁都认作他们自己人。说不定他们知道他快死了，派这个家伙来陪他。我一直是这么想的。"

"他是什么样的长相？"

"他长了一脸的毛，走起路来这个样子，好像夹着提琴。他们说没有妖怪这个东西，可是我那天黑夜，看见狗身上的毛都竖了起来，可我自己什么也看不见。"

"有月亮吗？"

"有月亮，快圆满了，不过刚出来，黄黄的，在树后边。"

"你觉得鬼出现就惹麻烦了吧，是不是？"

瘸子抬了一抬帽子，用热烈的目光瞧着阿瑟斯特，神情更加真切："我不敢这么说——可他们的样子挺不安的。有些事咱们不明白，确实不明白。有的人看东西看得清楚，有的人就看不清楚。你看，咱们这个乔，你把东西放在他眼前，他一点也看不见，别的那些年轻人，也都是冒冒失失的。可是，你叫我们曼吉去看，她看得到，而且看得更清楚，准没错。"

"那是因为她敏感。"

"什么叫敏感？"

"我是说，她什么都感觉得到。"

"啊！她非常好心。"

阿瑟斯特感到一阵脸红，拿出烟袋来："来一筒，吉姆？"

"谢谢您，先生。我看，她真是百里挑一。"

"我看也是。"阿瑟斯特只说了这一句，收起烟袋，继续散步。

"好心！"是啊！那么他这是在干什么呢？他对这位多情的姑娘用心——俗

话说“用心”——何在呢？田野开遍了金凤花，棕红色小牛在吃草，燕子飞翔，他一边漫步在田野上，一边老在想这个问题。是啊，橡树比白蜡树发得早，已经是棕黄色的了；每一棵树都在长，显出不同的颜色。杜鹃鸟，上千种鸟，都在歌唱。溪水晶莹明洁。古人相信黄金时代，相信赫斯帕里迪丝[1]的果园！……一只雌蜂停在他袖子上，弄死一只雌蜂等于减少两千只黄蜂，等果园里花蕾结成苹果的时候，苹果可以少损失一些，但是，你今天心中荡漾着爱情，怎么忍心杀生呢？他走进一块田里，看见一头棕红色的小牛在吃草。在阿瑟斯特眼里，这头小牛活像乔。可是小牛没有注意到这位来访者，也许是小牛自己也有点陶醉，只顾脚下金黄色的草原，那草原随风歌唱，多么迷人。小牛不惹他，他就穿过田野，跑到小溪上头的山坡上。从那面坡上去是一座小石山，一直到山顶都是岩石。坡面上是一大片风信子，还有十几棵酸苹果树，盛开着花。他躺在草地上。刚才田野上金凤花那么妩媚，金黄色的橡树如此迷人，这回又来到这个灰岩石下飘飘欲仙的去处，他心里不由产生奇妙的感觉。一切都改了样，只有流水潺潺、杜鹃啭啼依旧。他躺了很长时间，看着阳光转移，末了，酸苹果树的影子遮住了风信子，他只有几只野蜂做伴了。他神志已经不大清楚了，老在回想那天早晨的一吻，惦记着今天晚上苹果树下的幽会。在这等去处，肯定有牧神[2]和树精出没；自在得像酸苹果花似的仙女闲居在树林里；黄得像死蕨树那样的牧神正竖着耳朵，等待着林间的仙女。他醒来的时候，杜鹃还在啼叫，溪水还在流，只是太阳已经西沉在石山后面，山坡有点凉意，几只兔子出来了。他想道：“今天晚上！”大地上，万物都向上伸展，好像有一只看不见的手在地下放开它柔软而急切的指头，阿瑟斯特的心灵和感觉也像大地一般，向上伸去，施展开来。他站起身来，从酸苹果树上摘下一枝蓓蕾。这些蓓蕾恰似曼吉——贝壳似的，粉红色，野性未灭，又那么清新；曼吉也像开着的花朵，那么洁白，那么开朗，那

1 古希腊神话中看守金苹果园子的女神。
2 指古罗马传说中半人半羊的农牧神。

么迷人。他把花揣在大衣里。他身上的春意冲了出来，他吐出一口胜利的气。可是兔子却一溜烟跑掉了。

六

那天晚上阿瑟斯特手里拿着一部袖珍本的《奥德赛》，他坐了半个小时没有读一句，等他放下的时候，快十一点钟了，他轻手轻脚走过院子，来到果园。月亮刚刚升起，黄澄澄地挂在山顶上，好像一位明亮、有力的守护神透过白蜡树叶子尚未茂繁的树干凝视着大地。苹果园还是黑洞洞的，他站住，定一定方向，用脚踩摸着毛茸茸的草地。他身后有一大团黑黑的东西动来动去，发出笨重的、呼噜呼噜的声音，原来是三只大猪，这会儿又相互紧靠在一起，缩在墙脚。他听一听有没有动静。没有风，只有流水发出汩汩的声响，像是低声欢笑，声音比白天大两倍。一只他不知叫什么名字的鸟“辟泼”“辟泼”地叫着，好不单调。他听到很远的地方，一只夜莺在啼唱，叫声越来越小，又一只猫头鹰在叫。阿瑟斯特挪动了一两步，又停了下来，他注意到他头顶上活跃着一大片白茫茫的东西。在黑黑的、纹丝不动的树上，无数朵柔软、模糊的花和蓓蕾，在渐渐渗透进来的月光下，像着了魔似的，活了起来。他十分奇怪，感到自己有了真正的伴侣，好像上百万只飞蛾或者精灵飞了进来，夹在黑暗的天空和更黑暗的大地中间，在他眼前上下闪动着翅膀。在这没有香味的、宁静迷人的美妙时刻，他简直忘记了自己为什么到果园里来。白天笼罩着大地的飞转流逝的魅力并没有在夜间消失，只是变成这番新的景象。他经过满是白花的树干和树枝，终于来到这棵大苹果树跟前。这棵树就是在夜间也不会弄错，比旁的树高出一半，粗出一倍，枝叶伸向大草原和小河。他站在树枝下面，静静地听着，还是这些声响，加上猪打呼噜的声音。他把手扶在干燥的几乎是温暖的树身上，那粗糙、长满苔藓的树皮经他一摸，发出泥煤的味儿。她会来——会来吗？他置身在颤抖的、神秘的、月色朦胧的树丛之间，对什么都感到迷惑。这里一切都不是人间的东西，非尘世的恋人所能领略，只有男神、女神、林间的仙男仙女才配，他和农村小姑娘没有这番福分。她要是不来，是不是她几乎就解脱了呢？但他始终在听着。那只不知名的鸟还是“辟泼”“辟泼”地叫着，再有就是那有小鳟鱼的小河喋喋不休地流着，月儿透过交叉的树枝隐隐约约地照射下来。他眼前的那朵苹果花好像每时每刻都在活起来，仿佛以它神秘的白色的美渗入他等待的心情。他摘下一些，捏在手里——三片花瓣。采果树的花朵真是亵渎圣物，它们是这么柔软、圣洁、年轻，竟然随手一扔！突然之间，他听到关门的声音，猪又动了起来，发出呼噜呼噜的声响；他靠在树身上，摸着身后长着苔藓的树皮，屏着声息。她声音这么轻，真像是穿过树丛的精灵！接着他看见她走过来——她暗色的身材像一棵小树，白白的脸像是树上的白花，这么宁静，凝视着他，向他走来！他轻声叫道：“曼吉！”伸出双手。她跑了过来，到了他胸前。她贴在他身上，他感到她心房在跳动，他深深感到骑士式的激动。她不是他世界圈子里的人，却这么单纯、年轻、无所顾忌，这么崇拜他又无人保护，在黑夜之中，他怎么能不保护她呢！她是自然美的化身，好比这春夜，好比这盛开的白花，他怎能不接受她将赋予他的一切呢！怎能不舒展他俩心房里的春意呢？他在这两种感情的支配下，紧紧地拉住她，吻她的头发。他们默默无言，站了多长时间，他也不知道。河水在流，猫头鹰在叫，月牙儿越升越高，越变越白，他们上下左右的白花焕发出光彩，保持着生机盎然的美。他们两人在黑暗中你吻我，我吻你，不说一句话。一开口，这番幸福就会失真！春天没有言语，只是瑟瑟、戚戚之声。春天时节，花儿叶儿开放，溪流淙淙，甜蜜芬芳，生机盎然，这种无声胜过有声！有的时候，春天活了起来，好比神秘的精灵，用她的胳膊抱住恋人们，用令人销魂的手指抚摸着他们，叫恋人们嘴唇对着嘴唇，忘记一切，陶醉在亲吻中。他感到她的心在跳动，她的嘴唇在颤抖，这时候，他只感到骨酥神迷，命运送她到他的怀抱，爱神怎能抗拒！可是，在他们嘴唇分离、想要喘气的时候，马上有了距离。不过，现在是激情占了上风，他叹一口气，问道：“啊呀！曼吉！你为什么来呢?”

她受了伤害，抬起头来，吃惊地说：“先生，是您叫我来的。”

“你别叫我‘先生’，我心爱的人儿。”

“那我该叫您什么呢?”

“弗兰克。”

“我不能这样叫。啊呀，不能!”

“可你是爱我的啊，是不是?”

“我控制不了自己，我爱您。我要同您在一起——这就够了。”

“够了!”

她的声音轻得几乎听不见：“我要不跟您在一起我就死。”

阿瑟斯特吸了一大口气：“那你来，我们在一起吧!”

“噢!”

这一声“噢”有惊有喜，他如醉似狂，轻轻地往下说：“我们到伦敦去。我带你去见见世面。我一定会照顾你的，曼吉，我答应你，我不会待你粗暴的。”

“我只要跟您在一起，这就够了。”

他抚摸着她的头发，轻声地说：“明天我就到托奎伊去，取点钱，给你买些衣服，不会有人知道，我们偷偷地走。等我们到了伦敦，如果你很爱我的话，说不定我们很快就会结婚。”

他感到她摇头的时候头发都在颤抖：“噢，不！我不能同你结婚。我只要同您在一起就行了。”

阿瑟斯特为自己的殷勤所陶醉，继续低语道：“是我配不上你。噢！曼吉，你什么时候开始爱上我的?”

“在路上我看到您的时候，您当时看着我。我头一眼就爱上您了，可是我从来没有想到您会要我。”

她突然低下身子，跪在地上，想去吻他的脚。

阿瑟斯特感到惶恐，浑身颤抖。他把她抱起来，紧紧地抱住她——激动得说不出话来。

她轻声说：“您为什么不让我吻？”

“该是我吻你的脚！”

她一笑，感动得他流出了眼泪。她那张月光照得白白的脸儿贴得这么近，她微微张着的嘴唇呈现出浅淡的红色，这一切生机盎然，尘世难见，像苹果花一样的娟娟美好。

突然之间，她睁大了眼睛，费劲儿地看着他的背后。她从他怀抱里挣脱出来，轻声说：“你看！”

阿瑟斯特只看到闪闪发光的河水，微微发亮的荆豆丛，月光照射下的山毛榉，再过去便是月色朦胧的山峦。她在他身后用颤抖的声音低低地说：“吉卜赛鬼怪！”

“哪儿？”

“那儿——石头旁边——在树下！”

他急了，一下子纵过小河，大步奔向山毛榉的树墩。原来是月光在捣乱，什么也没有！他一边在石头和荆棘中间冲冲撞撞，一边咕咕哝哝咒骂，心里还有点害怕。可笑！愚蠢！接着他回到苹果树边。可是她不在了。他听得衣服窸窣的声音，猪叫和关门的声响。她走了，只剩下那棵古老的苹果树。他双手抱住树身。树身代替不了她柔软的身子，粗糙的树皮衬在他脸上——代替不了她娇嫩的面庞，只有树木的香味，还有一点相似。他头上和周围的苹果花，让月光照得越来越亮，越来越有生气，仿佛要开颜、要呼吸的样子。

七

阿瑟斯特从托奎伊车站下了火车，犹豫不决，徘徊在海滨道上，因为他不熟悉这处英格兰水乡胜地。他没有意识到自己穿的是什么衣服，不知道他的穿着在当地颇为显眼，他穿一件粗糙的诺福克夹克衫，脚蹬尘土满布的靴子，戴着一顶破帽子，没有注意到人们用迷惑不解的神情盯着他。他在寻找他存钱的伦敦银行分行，他找到了一家，却也头一次发现他愉快的心情受到挫伤。他在托奎伊有熟人吗？没有。那么，请他打电报给伦敦总行，这里得到回音即能为他效劳。这个就事论事的世界让他产生了疑惑，多少挫伤了他乐观的看法。不过他还是打了电报。

几乎就在邮局对面，他看到一家专卖妇女服装的商店，他用奇异的感觉，看了一看陈列商品的橱窗。一想到要给他心爱的农村姑娘买衣服，他心里着实不安。他走进商店。一位年轻的妇女走上前来，她的眼睛是蓝色的，前额皱着，略带迷惑不解的神情。阿瑟斯特看着她，一言不发。

“先生，您买什么？”

“我要给一位年轻的妇女买件衣服。”

这位年轻妇女笑了一笑。阿瑟斯特皱皱眉头——他突然强烈地感到他的要求有点古怪。

年轻妇女紧接着问道：“您要什么式样——要时髦的吗？”

“不。要简朴的。”

“这位年轻妇女什么样的身材？”

“我不知道，该比你矮两寸吧。”

“你能告诉我，她腰围多大?”

曼吉的腰围!

“嗯，一般大小吧。”

“行。”

她不在的时候，他闷闷不乐地看着橱窗里的模特儿，突然想到曼吉——他的曼吉——怎么能老穿他看到的那种粗呢裙子，质量粗劣的外套，戴苏格兰小花帽?他感到这简直无法令人相信。那位年轻的女售货员回来了，抱着几件衣服，阿瑟斯特看着她一件件地往自己的身子上比试。有一件的颜色他喜欢，是鸽毛似的灰褐色，不过曼吉穿在身上怎么个模样，他难以想象。售货员走了，又拿了几件来。阿瑟斯特感到无能为力。怎样挑呢?她还得买一顶帽子，一双鞋，还有手套。就是他买齐了，万一她穿上显得俗气怎么办?乡下人穿上好衣服常常显得俗气!她为什么不能穿她现在这一身衣服出门呢?啊哟!穿着显眼是要出事的，他们私奔可是一件严肃的事情。他眼望着售货员，心里想:“我不知道她是不是在猜测，以为我是什么坏人?”

“那件灰的，请你给我保留一下行不行?”他临了没有办法，只好这么说，“这现在定不下来，今天下午我再来。”

年轻妇女叹了一口气。

“哦!当然行。这件衣服式样很美观。我看你要想买的，这件最合适。”

“我看也是。”阿瑟斯特喃喃地说了这一句，走出店门。

他又一次从这就事论事的、充满怀疑的世界解脱出来，吸了一口长气，又回到他憧憬的世界。他在幻想中看到这位忠实、美丽的姑娘将同他生活在一起，他见到自己跟她两人在黑夜里偷偷地溜出来，在月下走过荒野，他一只手搂着她，一只手挟着她的衣服，天快亮时到达远处的林间，她就脱掉旧衣服，换上新装，他们在一个偏僻的车站搭上一辆早车，做蜜月旅行，最后到了伦敦，爱情的理想就实现了。

“弗兰克·阿瑟斯特！老兄，拉格比分别以后没见过你啊！”

阿瑟斯特愁容消失了。他面前这张脸上，眼睛是蓝色的，充满着太阳的光辉——这张脸上，内心的阳光和外来的阳光结合起来，发出光泽。

阿瑟斯特答道：“菲尔·哈里台，天啊！”

“你在这里干什么？”

“啊！没有干什么。到处看看，取点钱。我正待在荒野呢。”

“有地方吃中饭吗？来，跟我们吃饭去。我同我妹妹在这儿。她们得了麻疹。”

阿瑟斯特见哈里台友好地弯着胳膊，便跟着走去，先上山，再下山，离开了市镇，边走边听哈里台说着话，他满脸是太阳的光辉，声调里回荡着欢乐，他解释说“在这个发霉的地方，唯一值得做的事情是洗澡和划船”，如此等等。一会儿他们来到一长溜弯月形建筑物面前，这一溜房子高出海面，离海较远，他们走进正中的一幢房子，这就是旅馆。

“上我屋来，洗一洗，饭一会儿就来。”

阿瑟斯特在镜子里照了照自己。他在农舍待了半个月，房里只有一把梳子、一件替换的衣衫，来到这间堆满衣服和刷子的房间，好比到了卡普阿[1]。他心想：“真怪——我没有意识到——”意识到什么——他自己也不知道。

他跟着哈里台走进客厅去吃饭，哈里台介绍：“这是我朋友弗兰克·阿瑟斯特——这几位是我妹妹。”这时三双蓝眼睛、三张白净的脸一下子转了过来。

两个姑娘年龄很小，大约十岁和十一岁。第三个可能十七岁，个子高，头发也是浅黄色的，脸蛋儿经太阳一晒，白里透红，眉毛的颜色比头发深些，从中间向两旁稍稍往上斜。这三个姑娘的嗓门都同哈里台一样，高亢、愉快。她们站得笔直，同弗兰克很快地握了一握手，仔细打量了阿瑟斯特一下，又马上走开，去

1　卡普阿，意大利南部一游览地。

讨论她们下午干什么事情去了。真是标准的狄安娜[1]和她的随身仙女！阿瑟斯特过了一阵农场生活，对于这种爽快急切、好用俚语的谈吐，这番干净利索、习以为常的典雅风度，起初感到不习惯，后来就习惯了，而乡间的一切就突然模糊起来。这两个小的名字好像叫莎宾娜和弗瑞达，大的叫斯妲拉。

那个叫莎宾娜的姑娘接着转过身来对他说："我说，你跟我们去摸虾不好吗？特好玩！"

阿瑟斯特想不到会遇上她这样友好的邀请，喃喃地说："我今天下午恐怕得回去。"

"啊哟！"

"你不能推迟吗？"

阿瑟斯特转过脸来，看着刚刚说这个话的斯妲拉，摇一摇头。她长得真漂亮！莎宾娜遗憾地说："你可以推迟嘛！"接着她们去谈山洞，谈游泳了。

"你能游得很远吗？"

"大约两里。"

"噢！"

"真的！"

"多棒啊！"

三双蓝色的眼睛盯着他，使他意识到自己新的重要性，这种感受令人愉快。哈里台说："我说，你一定得待在这儿，洗个澡。晚上最好在这儿住。"

"对，在这儿住！"

但是阿瑟斯特又笑了一笑，摇摇头。接着，他顿时感到人家在盘问他体育方面的成就。在别人印象中他在大学里划过船，参加过足球队，赛跑中得过名次。他从桌子边上站起来，颇有英雄之感。两个小女孩一定要他去看看"他们

---

1 罗马神话中的月亮女神。

的”洞穴，她们边走边叽叽喳喳说话，阿瑟斯特走在她们中间，斯妲拉和她哥哥跟在后面。这个洞穴像一般洞穴一样，又潮湿又阴暗，特点是有一汪池水，可能会钓到小鱼什么的，可以装在瓶子里玩。莎宾娜和弗瑞达两人健美的腿上没有穿袜子，她们催阿瑟斯特下水，到中间去帮她们筛水。他也马上脱掉靴子和袜子。对于有美感的人来说，时间是过得很快的，尤其是池子里有两个孩子，池边上站着一位年轻的狄安娜，你不论逮到什么，她们都欢叫。阿瑟斯特从来没有时间概念，他拿出表来，一看三点多了，大吃一惊。今天没法兑支票了——等他赶到银行，银行该关门了。女孩们见了他这副表情，马上叫起来：“好啊！现在你得住下了！”

阿瑟斯特没有回答。他又看到曼吉的脸了，那是吃早饭的时候，他轻轻地同她说：“亲爱的，我这就到托奎伊去，把什么都弄好。今天晚上回来。如果行，我们今天夜里就可以走了。你准备好。”他现在又见到她当时是怎么颤抖，怎么相信他的话的。她会怎么想呢？接着他振作起来，忽然觉得这位高个子、月神似的漂亮姑娘站在池边悄悄地打量着他，注意到她稍有点往上倾斜的眉毛下面那双游移的蓝色的眼睛。如果他们知道他脑子里想什么——如果他们知道就在今天晚上他打算——！这样，她们会表示厌恶，会把他一个人剩在洞穴里面。气愤、懊恼和害臊的情绪混杂在他的心头，他把表放回口袋，出其不意地说道：“好吧，今天我被打败了。”

“好啊！你可以跟我们去洗澡了。”

这些漂亮的孩子表示满意，斯妲拉嘴边浮起了微笑，哈里台说：“好啊，老兄！晚上我把东西借你用！”——对于这些反应，他没法不屈从。但是他心里感到一阵阵的刺痛，又渴望又懊丧，他闷闷不乐地说：“我得去打一个电报！”

他们在水池子里玩腻了，回到旅馆。阿瑟斯特发了电报，是打给纳拉柯姆比太太的：“今晚有事，明日返回，甚歉。”曼吉一定会知道他事情太多，办不完，他放心一些。下午天气很好，很暖和，蓝色的海面风平浪静，他心旷神怡。

这些漂亮的孩子待他好，他瞧着她们，瞧着斯妲拉，瞧着哈里台被太阳晒得黑黑的脸，心里很高兴。他感到这一切有点不太像现实的境界，却又非常自然——好比最后瞧上一眼正常的生活，便要同曼吉去冒风险了。他借到游泳衣，他们一起出发了。哈里台和他躲在一块岩石后头脱衣服，三位姑娘在另一块岩石后面脱。他先下海，使出全身解数，来证明自己刚才自我宣传绝非夸口。他转过身来，看见哈里台正沿着岸边游，姑娘们边扑水边泡在水里，在小小的波浪里玩，这种游法他向来是看不起的，但现在他觉得很好。实际上，因为这样能显出唯独他才是敢游进深水的老手。他向她们游去，心里嘀咕她们喜不喜欢陌生人去参加她们拍水的圈子。他游近那位苗条仙女的时候，感到难为情。这时，莎宾娜叫他过去教她浮水，他忙着教两个女孩，没有工夫去注意斯妲拉在不在乎他在场，突然之间他听见她惊慌的叫声。她站在那里，水齐她的腰，身子微微向前冲，伸着细长雪白的手臂指着海里，脸是湿的，被太阳晒得有点皱，一脸恐惧的表情。

“看菲尔！他没事吗？啊哟，你们看！”

阿瑟斯特一眼就看到菲尔出了事。他远在一百码左右，在水里又拍打又挣扎，快要没顶了，他忽然喊了一声，举起双手，沉了下去。阿瑟斯特眼看那姑娘投入水中向菲尔游去，喊道：“你回去，斯妲拉！回去！”自己游向前去。他从来没有游得这么快过，游到的时候，恰好哈里台第二次浮上水面来。他是抽筋，无力挣扎，所以不难把他拖起来。那姑娘站在阿瑟斯特叫她停住的地方，帮他浮出水面。到了岸上，他们就一人一边坐在菲尔的身旁，擦他的四肢，两个小的站在一旁，满脸惊慌。哈里台不久就露出笑脸。他说——他不行，全垮了！他请弗兰克扶一把，他现在可以去穿衣服了。阿瑟斯特伸出胳膊让他扶着，同时瞧着斯妲拉哭得红润润的脸蛋，她已经失去她镇静时的模样。他心想：“我刚才叫她斯妲拉，不知道她生不生气？”

他们在穿衣服的时候，哈里台镇静地说：“你救了我的命，伙计！”

“别提了！”

他们穿好衣服，心里还有点后怕，一起到了旅馆，坐下来喝茶，只有哈里台一个人躺在房间里。

他们吃了几片面包和果酱以后，莎宾娜说：“我说，你知道吗？你是个好人！”弗瑞达插进来说：“真是好人！”

阿瑟斯特看见斯妲拉眼睛朝下看，他心情慌乱，站了起来，走到窗前。他从那里听到莎宾娜喃喃地说：“我说，咱们誓血盟吧。你刀在哪里，弗瑞达？”又从眼角里看到她们每人庄严地戳刺自己，挤出一滴血来，滴在一片纸上。他转过身，向门口走去。

“别溜！回来！”她们抓住他的胳膊，夹着他，把他拉到桌边。桌上放了一张纸，纸上用血水画了一个肖像，斯妲拉·哈里台、莎宾娜·哈里台、弗瑞达·哈里台三个名字，也是用血写成的，像星星的光柱围着这个肖像。

莎宾娜说：“那是你啊。你知道，我们都得吻吻你。”

弗瑞达附和说：“噢！来——是啊！”

没等阿瑟斯特跑掉，潮湿的头发就松散地耷在他的脸上，像有什么东西在他鼻子上叮了一下，他感到他左臂被人挟紧了，另一位用牙齿轻轻地碰在他的面颊上。她们松开了他，弗瑞达说：“斯妲拉，现在该你了。”

阿瑟斯特红着脸，瞧着坐在桌子那一边的斯妲拉，觉得很不自在，她也红着脸，很不自在。莎宾娜咯咯地笑，弗瑞达叫道：“快点——别扫兴！”

阿瑟斯特感到身上有一阵又奇怪又害羞的渴望，接着他心平气和地说：“住嘴，你们这两个小鬼！”

莎宾娜又咯咯地笑出声来。

“这样吧，她可以吻她的手，你就把她的手放在鼻子上闻一闻。反正你们占便宜！”

那姑娘果真吻了一吻自己的手，并把手伸出来，他感到惊讶。他庄重地抬起那只冰冷、纤巧的手，放到自己的脸颊上。两个小姑娘拍起手来，弗瑞达说道：

“好，从今以后，我们随时要救你的命。这就定下来了。斯妲拉，我可以再喝一杯茶吗？茶别这么淡。”

他们继续喝茶，阿瑟斯特折起那张纸，放进口袋里。她们的话题转向得了麻疹的好处，谈到红橘、匙里的蜂蜜，以及没有功课，等等。阿瑟斯特静静地听着，同斯妲拉友好地交换着眼色，斯妲拉已经恢复过来，仍是经过太阳晒后那种白里透红的脸色。他能够这样进入这个愉快家庭的圈子，真是舒服，看着这些脸儿，也够迷人的。他们喝完茶以后，两个小姑娘压海藻玩，他同斯妲拉站在窗台旁边说话，同时欣赏她画的水彩画、素描。这一切像一场愉快的梦，时间和事情都停住了，什么重要的现实都悬挂起来。明天他要回到曼吉那里去，把这一切统统忘怀，只剩下这些小孩的血书还在他口袋里。小孩！斯妲拉可不是小孩——跟曼吉一样大！她说起话来很快，硬邦邦的，却很友好，好像为他的沉默添了光彩。她虽冷淡，却具有姑娘的特征——这是大家闺秀的风度。吃晚饭的时候，哈里台没有来，因为他海水喝多了，莎宾娜说：“我要叫你弗兰克了。”

弗瑞达附和道：“弗兰克，弗兰克，弗兰基。”

阿瑟斯特笑笑，点点头。

“斯妲拉每回叫你阿瑟斯特先生，就得罚她。真可笑。”

阿瑟斯特看着斯妲拉，斯妲拉的脸渐渐红了起来。莎宾娜咯咯地笑，弗瑞达叫道：“她‘冒烟了’——‘冒烟了’——唷！”

阿瑟斯特左抓右抓，每只手上抓住几根金黄色的头发。

他说：“我说，你们两个！别惹斯妲拉，再不听话我把你们绑起来！”

弗瑞达咯咯地笑道：“哎哟！你真野蛮！”

莎宾娜小心地低语道：“你管她叫斯妲拉，你看！”

“为什么我不该叫？这名字很好嘛！”

“好吧，我们同意你叫！”

阿瑟斯特放开她们的头发。斯妲拉！打这以后——她叫他什么呢？但是她什么也不称呼他。睡觉之前，他特地说：“晚安，斯妲拉！”

“晚安，阿——阿，晚安，弗兰克！你真有趣，你知道！”

“噢，那个！别提了！”

她伸直了手，很快地握着他的手，突然握得紧紧的，又突然松开了。

阿瑟斯特站在空荡荡的客厅里，一动不动。就在前一晚上，他站在苹果树和生气勃勃的花朵下面，紧紧地抱住曼吉，吻她的眼睛，吻她的嘴唇。他一想起这些情景，就气喘吁吁的。今天晚上，本该开始与她共同生活，她只求和他在一起！现在一定超过二十四小时了，这是因为——因为没有看表！他为什么要同这家纯洁的家庭交朋友呢？他正想同一切纯洁的事物告别！“我是要娶她的。”他心想，“我答应过她！”

他拿起一支蜡烛，点着了，走到卧房去。他的卧房在哈里台的隔壁。他走过的时候，听见他朋友叫他：“是你吗，伙计？我说，你进来。”

哈里台坐在床上，一边抽着烟斗一边看书：“坐一会儿。”

阿瑟斯特坐在开着的窗户边上。

“你知道，我一直在想今天下午的事，”哈里台颇为突兀地开始他的话题，“她们说你同过去告别了，我没有。我想我还远没有过完呢。”

“你在想什么？”

哈里台沉默了一会儿，接着平心静气地说：“嗯，我想着一件事情，挺怪的，想一位剑桥的姑娘，那姑娘我蛮可以——你知道，幸好我没把她放在心上。反正，伙计啊，多亏你，我现在还在这儿呢，不然我现在该在茫茫的海里呢。没有床，抽不了烟，什么都没有了。我说，你看死是怎么一回事？”

阿瑟斯特低声说：“依我看，像火焰似的熄灭。”

“呸！”

“我们可能闪烁，燃烧一会儿。”

“哼！我以为这相当悲观。嗯，我那些妹妹待你好吗？”

“挺好。”

哈里台放下烟斗，两只手叉在脖子后面，转过脸来，朝着窗子说：“这些孩子不坏！”

阿瑟斯特看他的朋友躺在那儿微笑着，烛光映在他的脸上，自己不觉一阵寒战。真是的！他可能没有一丝微笑地躺在那儿，永远不会再有健康的气色！他也可能压根躺不到那里去，而是“填”在海底，要等到第——第九天才复活，是不是？哈里台脸上那可掬的笑容，在他看来，好比是生与死的全部区别，——是小小的火焰——生命的一切！他站起身来，轻声说道：“好吧，我想你该睡了吧。要熄火吗？”

哈里台抓住他的手：“你知道，我也没把握；不过我想死了就完了。晚安，老兄！”

阿瑟斯特心里很激动，紧紧地捏了一捏哈里台的手，下了楼。大厅的门还开着，他走出去，走到新月旅馆前面的草坪上。暗蓝色的天空上，星星闪闪发亮，星光下，一些丁香花呈现出神秘的颜色，这种颜色在晚上是无法形容的。阿瑟斯特把脸靠在一棵小树枝上，闭上眼睛，曼吉就出现了，胸前抱着那只棕色的小狗。“我想一位剑桥的姑娘，那姑娘我蛮可以——你知道，幸好我没把她放在心上！”他猛地把头从丁香的树枝上挪开，开始在草坪上徘徊，从两边来的灯光现出一个灰色的影子。他又同她在一起了，站在鲜艳欲吐的白花底下，河水汩汩流去，月亮隐隐约约地照在洗澡的池塘上，一片灰蓝色。他回忆起她抬起头，纯洁谦逊的表情，让他热烈地吻着，回忆起那个离经叛道的、犹豫的、美丽的夜晚。他又一次站在丁香花树荫下面。这里，晚间的声音是大海，不是小河，海洋在叹息，沙沙作响，没有小鸟、猫头鹰和夜莺啼唱，也不拉长声音叫，只有叮叮当当钢琴的声音，轮廓鲜明的白色建筑物插入天空，还有丁香花的味儿弥漫在空中。旅馆楼上有一扇窗户点着灯，他看到一个人影掠过窗帘。他心里泛起极为古怪的感触，这是一种单一的感情自身在搅动、在缠绕、在旋转，好比迷惑难解的春意和爱情正在寻找出路，却遭到挫败。这位姑娘叫他弗兰克，用手突然一下捏紧他的手，她这么冷静、这么纯洁，她要知道这种放荡不羁的爱情会怎么想呢？他蹲下身去，盘腿坐在草地上，背朝房子，一动不动，像一尊石雕的菩萨。他真是想亵渎纯洁，偷偷地干吗？嗅一嗅野花的香气——也许——就随手扔掉？“一位剑桥的姑娘，那姑娘我蛮可以——你知道！”他的手放在两边草地上，手掌朝下按着，草地还有暖气，不太湿，又柔软又结实，富于友情。他想：“我该怎么办呢？”也许曼吉正站在窗边，望着苹果花，惦记着他！可怜的小曼吉！“为什么不行？”他心想。“我爱她！但我——真爱她吗？是不是只因为她漂亮，她爱我，我才要她的呢？我该怎么办呢？”钢琴叮叮当当地响着，星星在眨眼。阿瑟斯特眼望前面黑色的海洋，好像入了迷似的，他终于站了起来，手脚麻木，觉得相当冷。窗子里都没有灯光了。他进楼去睡觉。

八

他一个晚上没有做梦，正在熟睡之际，被砰砰敲门的声音吵醒。一个尖尖的声音喊道：“嗨！吃早饭啦。”

他跳了起来。他是在哪儿——？啊哟！

一会儿，他已经吃上果酱了，坐在斯妲拉与莎宾娜之间的空位子上，莎宾娜瞧了他一会儿，说道：“我说，快点吃。我们九点半就出发。”

“我们上贝利岬去，老兄，你一定得去！”

阿瑟斯特想：“去！不可能。我该准备东西回去了。”他看看斯妲拉。

她很快地说："去吧！"

莎宾娜插嘴："你不去就没意思了。"

弗瑞达站起身来，走到他椅子后面："你得去，不去我拉你头发！"

阿瑟斯特心想："好吧——再拖一天——考虑考虑！拖一天！"他说道："好，好。你不用拧我头发了！"

"好啊！"

他在车站写了第二份电报，接着——撕掉了，他不知怎么解释。他们从布列克萨姆出发，乘坐一辆很小的马车。他挤在莎宾娜和弗瑞达中间，膝盖碰着斯妲拉的膝盖，他们玩"金基斯"牌戏，他心情从忧郁转变为欢乐。这拖延的一天本是为考虑的，可是他不想考虑！他们赛跑，摔跤，玩水——今天谁也不想游泳——他们轮唱，玩游戏，把带来的东西都吃光。回来的路上，两个小姑娘靠在他身上睡着了，他坐在马车上，还是同斯妲拉膝头对着膝头。三十个小时以前，他还从来没见过这三个头发浅黄的姑娘，这真叫人难以相信。火车上，他同斯妲拉谈诗，问她喜欢什么诗，还告诉她他喜欢什么，心里颇感优越。突然之间，她低声问道："菲尔说你不相信来世生活，弗兰克。我觉得这挺可怕的。"

阿瑟斯特不安地咕哝道："我也信也不信——我就是不知道。"

她说得很快："我受不了。那活着有什么用处呢？"

阿瑟斯特看见她皱起她那漂亮的、微微倾斜的眉毛，回答道："我不赞成因为希望什么才去信仰什么。"

"如果一个人不想来世，为什么还想再生呢？"她仔细地看着他。

他不想伤她的心，但他想逞强，就说了下去："一个人活着自然想永远活下去，那是生活的一部分。但可能就此而已。"

"这么说来，你根本不相信圣经？"

阿瑟斯特心想："这下我真得伤她的心了。"

“我相信耶稣传道，因为它写得漂亮，永世长存。”

“难道你不相信基督是神圣的?”

他摇摇头。

她很快地把头转向窗子，他脑子里马上响起曼吉的祈祷，就是小涅克转告的那句话：“上帝保佑我们，保佑阿谢斯先生!”她这会儿准是在等他——等他从小路上走来，谁像她那样，会为他祈祷?他突然想：“我真是个坏蛋!”

那天晚上，他翻来覆去想这个问题，但是，正如通常情况那样，强烈的程度逐渐减低，末了，坏蛋几乎是做定了。——奇怪！——他不明白他是想回到曼吉那里去成了坏蛋呢，还是不想回去成了坏蛋。

他们玩牌，玩到孩子们上床，接着，斯妲拉去弹钢琴。阿瑟斯特坐在几乎全暗的窗户台上，借着烛光看着她——一头浅黄色的头发，又长又白的头颈，低着头用两只手弹着琴键。她弹得很自然，没有多少表情，但是她的形象，她浑身上下，带有点黄金般的光彩，一种天使般的气氛！她身穿白衣服，一头天使般的头发，摇摆着身子，在这样的姑娘面前，谁能产生情欲和邪念呢?她弹的是舒曼的一个曲子《为什么?》，哈里台拿出一支笛子，迷人的气氛就消失了。他吹完后，他们叫阿瑟斯特唱歌，斯妲拉从舒曼乐曲中挑了几首，为他伴奏，他唱到《我不恨》的中间的时候，两个穿蓝睡衣的小家伙溜进来，想躲在钢琴下面。那天晚上就在混乱中散了，莎宾娜说像“一场极妙的胡闹”。

那天晚上，阿瑟斯特几乎没有睡着，他翻过来，转过去，一直在想。这两天来，他跨进这个亲密的家庭圈子，这个家庭的气氛如此富于魅力，把他包围住了，农场、曼吉——包括曼吉在内——好像都不是现实的。他真的同她恋爱了吗——真的答应把她带走，同她一起生活吗?他一定着了春天、夜晚和苹果花的魔了！这种五月的狂热只能毁了他们两个！他一想到要把这不到十八岁的单纯的孩子当情妇，内心就感到恐惧，虽然有时也感到激动。他嘀咕道：“糟糕，我做的事——糟糕!”他脑子兴奋，舒曼的乐声又不断袭来，同他的想法混杂在一起，他又见到斯妲拉的身影，冷静，穿着白衣服，浅黄色的头发，低着头，有一派奇异的、天使般的光彩。“我当时一定是——我一定是——疯了！”他想道。“我怎么了？可怜的小曼吉！”“上帝保佑我们所有的人，保佑阿谢斯先生！”“我要同您在一起——只要同您在一起！”他把脸埋进枕头，抑制住一阵哭声。不回去是糟糕！回去呢？更糟糕！

当你年轻的时候真正动了感情，这种感情会失去它折磨人的力量。他入睡的时候，心里想：“这有什么——无非是接了几个吻——一个月就忘干净了。”

第二天早晨，他把支票拿去兑现，却是像躲瘟疫似的躲开那家卖灰鸽色衣服的服装店，倒是给自己买了一些必需品。这一整天他情绪反常，自己跟自己生气。他失去了前两天的高兴劲儿，只感到一片茫然——一切热烈的期望都不见了，好像被那阵泪水扑灭了。喝完茶以后，斯妲拉放了一本书在他身旁，腼腆地说：“弗兰克，你看过这本书吗？”

这是法雷的《基督传》。阿瑟斯特笑了一笑，在他看来，她操心他的信仰，是一件滑稽的事情，却很感人。也许他受了她的影响，虽说不想说服她，却想为自己辩护。晚上，他趁孩子们和哈里台修补虾网的时候说道：“根据我所能看到的，在正统宗教背后，总是报应的观念——你行好就能得什么好处，这是一种求恩。我看这一切根源都在害怕。”

她正坐在沙发上用线打平结，她很快地抬起头来：“我看比这一层深奥得多。”

阿瑟斯特又感到要支配人家。

“你这样想，”他说，“但是要‘补偿’是我们大家身上最深奥的东西！要追根究底是很难的！”

她皱起眉头，迷惑不解。

“我不懂你的话。”

他固执地往下说：“好，你想一想，最虔诚的人是否也就是感到今生没有满足他们全部要求的人。我相信行好，是因为行好的本身就是好。”

“那么你相信行好了?”

她现在多漂亮——在她面前行好是容易的！他点点头，说道：“我说，你教我那个结怎么打法!”

他调弄这一点线，手指碰到她的手指的时候，他感到舒适和幸福。他去睡觉的时候，心里有意识地想着她，沐浴在她美丽冰洁的姐妹般的光泽之中，好比披上一件保护的衣衫。

第二天他发现他们打算坐火车到陶纳斯去，在贝利·波梅洛城堡进野餐。他下了决心忘怀过去，同他们坐在马车，坐在哈里台旁边，背朝马匹。他们沿着海滨一路过去，快要拐弯到车站去的时候，阿瑟斯特的心几乎跳了出来。曼吉——确是曼吉——正在远处的便道上走着，还穿着旧裙子、旧上衣，头戴圆帽，抬头察看过路人的脸！他本能地抬起手来，遮着脸，装着眼睛里进了沙子的样子，但是他透过手指缝，仍然看得见她，她走路的样子不像在乡间那样轻快，而是摇摇晃晃、茫然若失、可怜巴巴的，像是小狗丢失了主人，不知往前跑呢还是往后跑，到底往哪里跑好。她怎么这个样子跑到这里来的?——她用什么借口跑掉的?——她有什么希望呢?但车轮滚滚向前，他离她越来越远，他的心翻腾起来，向他叫喊：叫他们停车，他要出去找她！马车转弯到车站的时候，他再也受不了了，打开车门，低声说：“我忘了一件东西！你们走吧——别等我了！我坐下一趟车，到城堡找你们!”他跳下车，绊了一跤，转过身来，站稳脚跟，向前走去，哈里台一家人十分吃惊，坐在马车里继续前进。

他从拐角的地方，只能见到曼吉在前面老远的地方。他跑了几步，停下来，换成走路的速度。他每走一步，离她越近，离哈里台一家人越远，就越走越慢。见了她一眼——怎么一切就改样儿了?跑去找她，后果就不难堪了?事情不容回避——他见了哈里台一家人之后，心里越来越明白，他是不会同曼吉结婚的。要是结婚，那无非是狂热地相爱一阵，这种困苦、懊恼的日子不好过——然后

——然后他厌倦了，原因就在她什么都给了他，她是这么简单，这么可靠，这么像露水。露水——很快就会消失！她的圆帽成了一小点减褪了的颜色，在前面很远的地方晃动。她抬头察看每一张脸，在人家的窗户外面张望。有哪个男人经历过这么痛苦的时刻？他不知该怎么办，他感到自己是个畜生。他大声呻吟，一个护士转过身来看他。他看见曼吉停下来，靠在海堤上，望着大海，他也停了下来。很可能她从来没有见过海，即便心里难受，她也忍不住要看看大海的气象。“是啊——她从前什么都没见过。”他想道，“现在什么都在她眼前。就因为狂热了几个星期，我就将她的生活撕成碎片。尤其如此，我还不如去上吊吧。”突然他好像看见斯妲拉的眼睛镇定地瞧着他，她前额蓬松的头发随风吹动。啊哟！这就等于他发了疯，就等于他丧失了他所尊重的一切，丧失了自尊心。他转过身来，快快地走回车站去。但是，一想起那个可怜的、娇小的身影，想起她用焦急的、彷徨若失的目光察看过路的人，他心里又一次感到煎熬，他又回过身来向海边走去。帽子看不见了！那一点有色的小点消失在中午海滨漫步的人流之中。他怀着热烈急切的渴望，期望着人生企求不到的东西，急急忙忙向前走去。哪儿都不见她的人影，他找了她半个小时，临了他脸朝下躺在海滩上。他知道，要想再见到她，他只消到车站去等她，她找不到自会回去，这样就可以坐车带她回家去，或者他自己搭车到农场去，等她回来就能见到他。但是他一动不动躺在沙滩上，周围是一群群漠不关心的孩子，带着铲子，拎着水桶。在他春情盎然的血液里，几近出现对她的同情，同情她瘦小的身影游荡着、寻找着，他全部狂热之情就是这个了，原先其中还有骑士精神，现在消失殆尽。他又感到需要她，需要她的亲吻，需要她柔软、娇小的身子，需要她不顾一切的爱情，需要她全部迅速、热烈、异教徒式的感情，他需要那天晚上月色朦胧的苹果树下奇妙的感情；他以强烈得吓人的感情企望着这一切，好比农牧神需要林中仙女一样。鳞光闪闪的、有鳟鱼的小河淙淙地流着，野生的黄花照得人眼花缭乱，老“野人”附身的岩石，杜鹃和啄木鸟的啼叫，猫头鹰的叫声，红黄色的月亮透过夜色照在活跃的、白色的苹果花上，曼吉的脸他够不到，他倚靠在窗户上，沉湎在爱恋之中，苹果树下，她的心贴着他的心，她的嘴唇贴着他的嘴唇——这种种情景把他围困住了。然而，他躺着不动。是什么东西阻塞了他的同情，阻碍他热烈的向往，使他瘫痪在温暖的沙滩上呢？三个亚麻色头发的脑袋——一张漂亮的脸、一双友好的灰蓝色的眼睛，一只纤细的手握着他的手，一个急促声音唤着他的名字——“这样，你就不相信行好？”是啊，这是一种围墙里花园的气氛，里面有石竹，有菊花，有玫瑰，薰衣草，丁香花，香气阵阵——这种气氛是静穆的、美丽的、干净的，甚至是神圣的——他的成长环境就培养他这种感觉，感到那一切都是纯洁的、美好的。他顿时想：“她要是再沿海滨过来，见到我怎么办！”他站起身来，走到海滩最边远那一头的岩石那儿，浪花溅在他脸上，他可以更加冷静地思考。回到农场去，在林间，在岩石堆里与曼吉相爱，周围事物又粗犷又称心——他知道，那是不可能的，完全不可能。把她弄到大城市去，在一套房子或几间房子里安置这么一位大自然中的人——他虽有诗人的气质，却不敢这么设想。他的激情无非是在感官方面寻欢作乐，顷刻就会消逝，到了伦敦，她简单无知，缺乏理智的质地，只能暗中充当他的玩物——别无他用。他坐在岩石上，两只脚悬着，下面是一潭绿色的池水，他这样坐得越久，这一层他看得越清楚，但是她的手臂、她的身子好像慢慢地、慢慢地从他身上滑下去，滑进池里，冲出海去，她神色迷惘的脸往上仰着，一副哀求的神情，乌黑的、浸湿的头发——这一切又占据着他，缠住他，折磨着他！末了他站起来，跨过低低的岩石，来到一处阴僻的海湾里。也许到了海上，他能控制自己——减低他这番热度！他脱掉衣服，游了出去。他想拼命游，游乏了便什么都不在乎，所以他不顾一切，游得又快又远。突然，他感到莫名的恐惧。如果他游不回岸去怎么办——如果风浪把他刮出去怎么办——或者像哈里台似的，抽筋了怎么办！他转身往回游。红色的峭壁看来离他很远。他如果淹死了，他们会发现他的衣服。哈里台一家人会知道，但是曼吉也许永远不会知道——他们农场是不订报纸的。菲尔

·哈里台的话又回响在他耳际："一位剑桥的姑娘，我蛮可以——你知道，幸好我没把她放在心上!"他在那份莫名的恐惧之际，下定决心，不把曼吉放在心上。于是，他不怕了，他很轻松地游了回去，晒了一晒太阳，穿上衣服。他心里感到难受，但不再痛了，他全身感到又凉快又精神。

一个人像阿瑟斯特那么年轻的时候，同情并非一种激烈的感情。他回到哈里台的起居室，狼吞虎咽地吃了一顿茶点，颇感自己像是退了烧正在恢复的人。什么都新鲜，茶、黄油面包和果酱好吃得出奇，烟的味道从来没有这么好闻过。他在空屋子里来回地走着，这儿摸摸，那儿看看。他拿起斯妲拉的活计篮子，摸摸棉线卷轴，摸摸丝线织成的、颜色鲜艳的褶子，他闻闻小口袋里的味道，因为她在里面放了香草的叶子。他走到钢琴前面，用一只指头弹琴，心想："今天晚上她会弹琴；我要看着她弹。我看她弹琴感到惬意。"他拿起那本她昨天放在他身旁的书，想读一读，但是曼吉瘦小、愁苦的身影又出现在他眼前。他站起来，靠在窗户上，听画眉在旅馆的花园里鸣叫，眼望着树林底下梦一般的蓝色的大海。一个用人进来收拾喝过茶的餐桌，他依旧站着，吸进夜晚的空气，想撇开思念。这时，他看见哈里台一家人走进花园的门，斯妲拉在前面，后面是菲尔和孩子们，都拎着篮子，他本能地往后一缩。他内心太痛苦太懊丧，害怕同他们会面，却是需要友谊的慰藉——他既埋怨它的影响，又渴望它的纯洁无瑕，他高兴能见到斯妲拉的脸蛋。他站在钢琴后面的墙边，见她走了进来，站在那儿，脸上毫无表情，像是失望的样子。她见到他以后，露出笑脸，这是很快的、开朗的一笑，阿瑟斯特见了又温暖又心烦。

"你没来找我们，弗兰克。"

"没有。我发现我来不了了。"

"你看！我们采了这么好看的晚开的紫罗兰!"她拿出一束来。阿瑟斯特用鼻子闻了一闻，心里激起模糊的希望，却马上消失，他想起曼吉用焦躁的神色看着过路人脸的景象。

他只简单地说了一句“多好啊！”就走掉了。他走到自己房间里，不想见正在上楼的孩子们，一头倒在床上，交叉着双手，捂盖住脸。他已经真的横下一条心放弃曼吉，却是怨恨自己，也有点怨恨哈里台一家人和他们健康、愉快的英国家庭的气氛。他们为什么正巧到这里来，冲散他的初恋——让他看到自己不过是一个庸俗的勾引妇女的人？羞答答的、美丽的斯妲拉有什么权利使他下决心不娶曼吉，更糟糕的是，使他感到又懊恨又期望的痛苦，感到怜悯的心理？曼吉可怜巴巴地寻找了一番，疲倦极了——可怜的小东西——现在该回到家了，说不定以为她回家的时候会发现他在农场呢。阿瑟斯特咬住袖子，免得心里懊恼会发出呻吟声来。他去吃晚饭的时候情绪低沉、一言不发，这种情绪甚至影响了孩子们。这天晚上大家心情忧郁不快，因为都累了，有好几次他看见斯妲拉用委屈、不解的表情看着他，这反倒满足了他的坏心情。他睡得很少，起来很早，到外面去散步。他走到海滩。他独自一人面对阳光照耀下宁静、蓝色的大海，心里稍觉轻松一些。以为曼吉会如此放在心上——庸人自扰！过了一个星期或两个星期，她就忘得差不多了！他呢——他就得到贞洁的美名！一位好青年！要是斯妲拉知道了，她会求上帝祝福他，因为他抵制了她所相信的魔鬼。他发出一声苦笑。但是，渐渐地，他面对宁静的大海、美丽的天空，看到海鸥孤独地飞翔，心里感到惭愧。他洗完澡，走回家去。

斯妲拉正在旅馆的花园里，坐在折凳上画素描。他悄悄地走过去，站在她后面。她多么整洁，多么漂亮，辛勤地弯着腰、拿着画笔，皱起眉头度量着。

他轻声说：“对不起，我昨天晚上这么粗鲁，斯妲拉。”

她转过身来，吃了一惊，两颊绯红，很快地说道：“没有关系。我知道总有点什么事。朋友之间，这无所谓，对不对？”

阿瑟斯特回答道：“朋友之间——我们是朋友吗？”

她抬起头来望着他，用力点点头，迅速、开朗地一笑，又露出她上颚洁白的牙齿。

三天以后他回到伦敦，与哈里台一家人同行。他没有给农场写信。他有什么可说呢？

第二年四月份最后一天，他与斯妲拉结了婚……

这就是阿瑟斯特在银婚纪念那一天靠在墙边、坐在荆豆草上回忆起来的往事。他铺放餐具的地点，一定是他头一次看见曼吉的地方，当时她背衬蓝天，从上面走来。有这么奇怪的巧事！他心动了，想下去看一看农场和果园，看一看吉卜赛妖怪出没的草地。时间不会长。斯妲拉可能还得一个小时才画好呢。

回想起来多么清楚——松树的树梢拱成小小的圆顶，后面是陡峭的绿山！他停留在农场门口。低矮的石头房子，杉树围成的门廊，正在开放的茶藨花—— 一点也没有变；就是那把旧的绿椅子也还放在窗子下头的草地上，那天晚上他曾经踩在上面，从她手里接过钥匙。接着他从小路下去，靠在果园的门上，——那扇门跟当年一样，只剩下了深灰色的残架。甚至还有一只黑猪在树间里游来荡去。果真事隔二十六个年头了吗？还是他适才做了一场梦，醒来发现曼吉在大树边等他？他下意识地抬起手来，摸摸自己灰白的胡子，回到了现实世界。他打开果园的门，从酸模和荨麻之间穿过去，来到尽头，见了那棵古老的树。没有变！只多了一点深绿色的苔藓，死了一两条树枝，其他一切照旧，仍是昨天晚上曼吉走后他所拥抱过的那棵长苔的、散发出香气的大树，而在他上头，月色迷蒙的花朵好像要呼吸、要活起来的样子。今年春早，已经有几颗蓓蕾放了出来，画眉在歌唱，杜鹃在啼叫，阳光灿烂，暖照林间。一模一样，叫人无法相信——有鳟鱼的小河淙淙流去，这是他每天早晨躺在里面洗澡的小池子；再过去就是荒野的草地，其中有山毛榉的树墩，传说是吉卜赛妖怪坐的石头。阿瑟斯特喉咙里一阵痛楚，悲悼失去了的青春，感到十分向往，向往那失去了的甜蜜的爱情。当然，在这具有荒野美的大地上，人人心里该感到高兴，因为大地和天空含有这份喜悦！然而，他却高兴不起来！

他走到小河边上，眼望着池水想道："青春与春天！我不知道，你们都怎么了？"临了，他突然害怕遇到什么人打断他的回忆，他心情忧郁，退回到小路上，忧郁地走到十字路口。

一位年迈、长花白胡子的农民拄着拐杖，在一辆汽车旁边同司机说话。那老头似乎觉得失礼，马上停住了，碰了碰帽子，打算沿小路走下去。

阿瑟斯特指着狭长的绿色的土堆说："请问这是什么？"

老头停住脚步，脸上的表情似乎说明他心里在想："你问对人了，先生！"

"这是一座坟。"他说。

"坟怎么做在这儿呢？"

老头笑笑，说道："您可以说，这里头有一段故事。我不止说一遍了——好多人问我这一堆草根土是什么。我们这儿的人都管它叫'姑娘的坟'。"

阿瑟斯特拿出烟袋："抽一筒吧？"

老头又碰了碰帽子，慢慢地装着土烟斗。他的眼睛虽然周围尽是皱纹和发毛，却仍炯炯有神。

"先生，您不在意的话，我想坐下说——今儿个我腿有点疼。"他坐在这片草根土上面。

"这座坟上老有一朵花，这样她就不会太寂寞了。现在好多人时髦了，都坐新式的机动车或者别的什么到这里——跟从前不一样。她也有了伴儿。这是一个可怜的人儿，自杀死的。"

"我明白了！"阿瑟斯特说，"葬在十字路口。我不懂这是什么风俗。"

"啊哟！这是很早的事情了。我们当年那个牧师，很是敬畏上帝。我想想，到今年米迦勒节[1]我拿救济金六年了，出事的时候我才五十岁。这事数我最熟悉。她就住在这儿，就是我干活的纳拉柯姆比太太的农场——现在是归涅克·

---

1 天使米迦勒祭日，9月29日为英国结账日之一。

纳拉柯姆比了，我有时候还替他干点活儿。”

阿瑟斯特靠在门上，点燃了烟头，火柴灭了，他的手还弯着，好久才放下来。

“后来呢?”他问道，他说话的声音自己听起来也觉得嘶哑、觉得古怪。

“这可怜的姑娘，真是百里挑一啊！我每次走过这里都会为她放上一朵花。她又漂亮又好心，可是他们不把她葬在教堂里，也不葬在她自己选的地方。”老头儿停了一停，用毛茸茸的、扭曲的手拍拍风信子边上的草根土。

“后来呢?”阿瑟斯特问道。

“可以这么说，”老人继续说，“我看这里头有爱情的事——不过谁也说不准。姑娘脑子里想什么，你没法知道——不过我是这么想的。”他的手顺着草根土摸过来。“我挺喜欢那姑娘——不知道有谁比我更喜欢她。可是她太痴心——我看就是太痴心。”他抬起头来看看。阿瑟斯特嘴唇在发抖，只是外面有胡子，旁人看不见，他喃喃地问道：“后来呢?”

“那是春天，跟现在差不多时间，或许稍晚一点，反正是开花时节，农场上来了一位年轻大学生，住了下来——也是个好人，就是爱想入非非。我很喜欢他，我没看到他们来往，但是我想，这姑娘爱上了他。”老头儿从嘴里取出烟斗，吐了一口唾沫，继续往下说，“你瞧，有一天他突然走了，没有回来过。他们还留着他的背包，他还有一些小东西在那儿呢。我不明白——他没来取这些东西，名儿叫阿谢斯什么的。”

“还有呢?”阿瑟斯特又问。

老人舔了舔嘴唇。

“姑娘啥也没说，可是打那一天起，她神色恍恍惚惚，样子很不对劲。我从来没有见过一个人能变化那么大——从来没见过。农场还有一个年轻人——叫乔·比达福，也特别喜欢她，我琢磨他老去缠她。她后来连样子都变了，我晚上赶牛回来，有时候能见到她，她就在果园里，站在那棵大苹果树底下，眼睛直愣愣地朝前望着。我老在想:‘不知你是怎么一回事,你的样子真可怜,真可怜!’”老头又点燃烟斗,边想边抽着烟。

“后来呢?”阿瑟斯特问。

“记得有一天我对她说:‘怎样一回事,曼吉?’她的名字叫曼吉·达维,跟她姑妈纳拉柯姆比太太一样,从威尔士来。我问她:‘你为什么事犯愁?’她说:‘吉姆,我没犯愁。’我说:‘你犯愁!’她说:‘没有。’她说着,眼泪簌簌地往下流。我说:‘你哭了——什么事,到底?’她把手放在胸口,说:‘这儿痛;不久就会好的。’她又说:‘万一我有什么三长两短,吉姆,我要埋在这棵大树底下。’我笑了,说:‘你会有什么三长两短?别傻了。’她说:‘不,不是傻。’反正我知道姑娘们的脾气,也就没把这件事放在心上,过了两天,大约下午六点钟的模样,我赶着牛回来,看见有一个黑黑的东西躺在河里,就挨着那棵大苹果树。我跟自己说:‘那是猪吗?猪怎么跑到这儿来,真奇怪!’我走近一看才明白。”老人停住了。他抬起头来,炯炯有神的眼睛里含着痛苦。

“原来是那姑娘,淹死在小池子里,池子是石头砌成的,我有一两次见到过那位年轻先生在里头洗澡。她躺在水里,脸儿朝下。石头缝里长出一朵黄花,就在她头上面。我去看她的脸,这脸蛋真可爱、真美丽、真宁静,像孩子的脸似的——美极了。医生看了以后说:‘这么一点点水是淹不死人的,除非她是痴迷了。’从她的脸色看,确是这么一回事。这真叫我伤心得哭了——那张脸真美丽!当时是六月,可是她不知从什么地方找来几朵苹果花,插在头上。她把自己弄成这等样子,我相信她当时准是痴迷了。你看!池深不到一呎半。不过,我告诉你一件事——那块草原上有鬼。我知道,她知道。没有人敢说没鬼。我告诉人家说,她同我讲过,要葬在那棵苹果树下。但是我想这反倒叫人家——看出来她是存心这么做的;他们就把她葬在这儿。我们当年那位牧师很是严厉。”老头儿又伸手抚摸那片草根土。

“看来真奇怪,”他慢吞吞地说,“姑娘们为了爱情,啥都做得出来。她太痴心了，我猜她心是碎了；不过我们什么都不知道！”

他抬起头来，想看看人家欣赏他讲的故事是怎样的表情，但阿瑟斯特却离开了，好像他不在那里的样子。

阿瑟斯特爬上山顶，那里看不见他准备用餐的地方。他躺在地上：他的美德是如此报应的，那位“塞浦路斯人”，爱情女神，复了仇！在他泪水盈盈的眼前，出现了曼吉的脸，她潮湿的黑头发里插着一小枝苹果花。“我干了什么错事？”他想，“我干了什么？”但是他回答不上来。春天，激情奔放的春天，开着花儿，唱着歌儿——这是他和曼吉心里的春天！这正是爱神在寻找替死鬼！希腊人说得对——《希波吕托斯》里的话今天也适用：

爱神的心儿痴狂，
爱神的翅膀金黄；
爱神施展的春天里，
一切都迷了心窍：
山川河流之间
野生的、年轻的生命，
大地上长出来的生命，
阳光中呼吸的生命；
是啊，还有人类。塞浦路斯女神，
唯有你至高无上！

希腊人说得对！曼吉！可怜的小曼吉——从山那边走来！站在老苹果树下等待，张望！曼吉去世了，她永远是美！——

有一个声音说道：“啊，你在这儿！你看！”

阿瑟斯特站起来，接过他妻子的素描，一声不吭地看着。

“这前景合适吗，弗兰克？”

“合适。”

“但总缺了点什么，是不是?”阿瑟斯特点点头。缺了点什么？缺苹果树，缺歌唱，缺黄金!

鉴评：我对光一无所知

作者在这个近乎中篇的短篇小说里，写出了一个极为动人的三角爱情的悲剧，处于中心地位的是男主人公阿瑟斯特，他的一边是纯朴美丽的乡村姑娘曼吉，一边是端庄清丽的闺秀斯妲拉。而这个爱情悲剧的根由，似乎就在阿瑟斯特的性格之中。

阿瑟斯特这个人物，是我在世界中短篇小说里所见到的描绘得最为成功的爱情人物形象之一，在他的身上，高尔斯华绥以精湛的古典现实主义方法成功地表现了一种诗人气质、唯美倾向，特别是那种“跟着感觉走”的性格。

感觉者，对外界事物最直接、最原始、最自然的精神反应也，跟着感觉走的性格最主要的特点，也许要算是接受与契合外界影响的迅速性与无保留性，即对外界事物的影响感受特别敏锐，反应特别自发，没有理性的制约，任原始感受之所至，与外界的影响同向同步，几乎浑然一体，就像整个身心轻松悠闲地躺在水面之上，随波逐流。

对于这种情状，我再用更多的语言也说明不具体，且看高尔斯华绥那极为出色的描写，那是在阿瑟斯特来到了风景如画的英格兰乡间，遇见了一个纯朴美丽的村姑之后，坐在微风荡漾、鸟啼不断的草地前的感受：

> 他想到忒俄克里托斯，想到威威尔河，想到月亮，想到眼睛像晨露一样的姑娘；他想的东西太多了，等于什么都没有想，他只感到快活得出奇。

妙！“他想到的东西太多了，等于什么都没有想！”在这里，人物的思绪就像是一丝云彩，在他面前阵阵微风的吹拂下，随意飘荡。

当高尔斯华绥用一系列如此传神的文笔，使读者认识了这个爱好诗歌、喜欢幻想的大学毕业生在美的面前怡然自得、尽情尽兴的脾性之后，他也就解决了这篇小说的关键，剩下的问题就是让人看见阿瑟斯特是如何情不自禁地被两种不同的美所吸引、陶然忘机的情景了。

曼吉是一种天真、纯洁、自然、浓烈、浪漫的美，就像野生的山花一样发出醉人的芬芳，陪衬着她的是英格兰淳朴的乡情与优美的大自然。不！她与这乡情，与这大自然浑然一体，构成了一首无比清新动人的田园牧歌。我在文学作品里很少见到描绘得如此成功的田园牧歌式的情景，即使是以写田园小说著称的乔治·桑，也似乎稍逊一筹，因为高尔斯华绥的描绘是如此的真实而又不缺浪漫的色彩。你看，他笔下的乡野风光是多么明媚，他的苹果园夜景又是多么像仙境一样朦胧而又披上了神秘的轻纱，当此美景良辰，面对着一个美丽得“像自然美的化身”“春夜的化身”而又野性未泯的少女，这位青年唯美主义者怎么会不像饮了浓烈的美酒一样沉醉？请原谅他那第一个骑士风度的吻吧，请原谅他在幽会之夜里热烈的拥抱吧，理解万岁！

斯妲拉则是另一种类型的美，她姿容秀丽，又经过了城市文明与有产阶级家庭教养的熏陶，具有娴静的风度、雅致的情趣、良好的文化修养，是形貌美与文明美的结合，一出现在这位青年唯美主义者面前，就成为他心目中的月亮女神狄安娜。烘托着斯妲拉的美的，是英国的文明生活与中产阶级家庭的正常、和谐、愉快的气氛，为了这种生活与气氛，高尔斯华绥同样也用了不少笔墨，这是这个小说篇幅拉长了的一个重要的原因，他写得也相当成功、相当动人。虽然我们在这个家庭里，在这种气氛中觉得时间过得不像在英格兰田庄上那样快，可是，高尔斯华绥却告诉我们，对阿瑟斯特这样一个“有美感的人来说，时间是过得很快的”，正是在他觉得“过得很快”的时间里，他越来越被斯妲拉吸引，愈来愈远离曼吉，最后造成了曼吉的悲剧。

这样一个结局是不难预料到的，斯妲拉对阿瑟斯特之所以更具有决定性的吸引力，就在于她是一个与他自己同一个社会层次、同一个文化教养层次的女子，是他这样一个大学教授的独生子、拥有财产与事业前途的青年男子的理想婚姻对象。而曼吉则不是这样一个婚姻对象，即使阿瑟斯特与曼吉由恋爱而终成眷属，两人之间的差异、不协调与矛盾必将扩大而酿成另一种悲剧。对于阿瑟斯特而言，与斯妲拉的爱情是一种正常的、本土的爱，而与曼吉的爱情则是一种非常的、“异域”的爱，人可以在异域中悠游忘我一阵子，但终究还是需要在本土上定居安命的。

在现实生活中，经常是务实的爱情取得胜利发展为合法的婚姻，然而，在人的回忆里，浪漫的爱情，则往往又格外得宠，总要取得某种补偿，阿瑟斯特在银婚纪念时那种浓浓的惆怅与强烈的欠缺感，就是人类这样的爱情婚姻心理的一例。而在阶级社会中，虽然务实之爱总是得到了实惠，高唱凯歌，但在文学表现中，却毫无例外的都是带浪漫情调的、失败了的爱获得同情与胜利。高尔斯华绥的《苹果树》只不过是人类这种文艺心理学的一例而已。

死人不说话

［奥地利］阿尔图尔·施尼茨勒
赵登荣 译

作者简介

阿尔图尔·施尼茨勒（1862—1931），奥地利作家，出身于维也纳一个医生家庭，在大学攻读医学，获博士学位。青年时期即开始文学创作，后弃医成为职业作家。他继承了欧洲19世纪现实主义文学传统，注重心理分析，与著名心理学家弗洛伊德交谊甚笃，他重要的作品有《阿纳托尔》《儿戏恋爱》《轮舞》《遥远的国度》等。

他再也不能安安静静地在车里坐下去了。他下了车，来回踱着步。天已经黑了。这条街道很偏僻，静悄悄的没有一点声音，只有几盏路灯在风中晃动。雨已经停止，人行道差不多干了；但是泥土路面还是湿漉漉的，有些地方还有些小水坑。

弗兰茨想，离开普拉特街几百步远，就好像到了匈牙利哪个小城，真是有点奇怪。不过，不管怎样，这里至少是安全的，她不会碰见她害怕的熟人。

他看着表。现在是七点钟，天已经完全黑了。今年的秋天来得早，再加上这讨厌的暴风雨，天黑得更早了。

他翻起领子，加快脚步，来回走着。街灯的挡风小窗发出叮当的响声。他自言自语地说："再过半个小时我就可以走了。啊，我恨不得现在就……"他在街角打住脚步；在这里他能看到她可能来的那两条街。

没有错，她今天会来。他一边这么想着，一边拉了拉帽子，不让风把它吹跑。今天是星期五，教授评议会开会；今天她敢出来，还能多逗留一些时光。他听见马车的铃声。附近尼波莫克教堂的大钟也敲响了。街道活跃起来。好多人从他身旁走过，大多数好像是商店的服务员。商店七点钟关门。他们一个个都走得很急，都在和暴风雨斗争。暴风雨增加了他们行走的困难。他们谁也不理会他，只有几个女店员带着一丝好奇看了他一眼。突然他看见一个熟悉的身影走过来，他赶忙迎过去。他想，她怎么没有坐车来？真是她吗？

果真是她。她也看见了他，紧走几步向他迎过来。

他说："你是走来的？"

"我已经把车打发到卡尔剧院去了。我好像已经坐过一次这个车夫的车。"

一个男人从他们身旁走过，瞟了一眼这位女人。年轻人几乎威胁似的盯了他一眼，那个男人继续急匆匆地向前赶路。那女人看着他的背影，担心地问："这是谁？"

"我不认识他。这里没有熟人，放心好了……不过，现在快过来，我们上车。"

"这是你的车？"

"是的。"

"坐敞车？"

"一小时前天还很好嘛。"

他们快步走过去。女人上了车。

“车夫！”年轻的男人喊了一声。

年轻的女人问：“他到哪儿去了？”

弗兰茨向四周看了看，大声喊了起来：“太不像话了，人上哪儿去了！”

“真是的！”她轻轻地喊了一句。

“你等一会儿，亲爱的。他肯定就在附近。”

年轻的男人打开一家小酒馆的门。马车夫和其他几个人一起坐在一张桌子上，他很快站起来。

“马上就来，尊敬的先生。”他一边说，一边站着把杯里的酒喝光。

“您怎么回事？”

“对不起，尊敬的先生，我这就来。”

他微微摇晃着身体，急急忙忙向马走过去。“阁下，我们往哪儿呀？”

“普拉特——别墅。”

年轻的男人上了车。车顶已经拉上了。那位年轻的女人几乎蜷缩着身体，靠在角落里。

弗兰茨一把抓住她的双手，她一动也不动。“你对我连晚安也不想说？”

“请你让我安静一会儿，我还没有缓过气来。”

年轻的男人把身子靠到他的角落里。两人都不再说话。马车拐进普拉特街，经过特格脱霍夫纪念碑，几秒钟后就沿着宽阔幽暗的普拉特林荫大道奔驰起来。突然，爱玛伸开双臂，抱住了她的情人。他轻轻掀起她的面纱，吻她。

她说：“又和你在一起了！”

“你知道，我们多长时间没有见面了？”

“从星期天起没有见面。”

“是啊，那天也是离得远远地见了一面。”

“怎么？你那天不是在我们这里的吗？”

“是在你们那里。啊，不能这样下去了。我再不到你们那里去了。——你怎么了?”

“旁边过了一辆车。”

“亲爱的，今天在普拉特公园散心的人谁也不会来理我们的。”

“这一点我相信。可是偶尔也会有人往车里看的。”

“不会认出什么人来的。”

“我求你，我们还是开到别的地方去吧。”

“听你的。”

他喊了一声车夫，车夫好像没有听见。他向前一倾，碰了碰车夫的手。车夫转过身来。

“请您掉头。您干吗那么使劲地抽马？您听着，我们没有急事。我们到……您知道通向帝国大桥的是什么路?”

“到帝国大道去?”

“对，但是请您别这么快，根本用不着这么快。”

“对不起。尊敬的先生，刮大风，马就野了。”

“对，对，原来是大风。”弗兰茨说完又坐下了。

车夫掉转马头，往回走。

她问：“昨天我怎么没有看见你?”

“昨天，我怎么能来见你?”

“我以为，我姐姐也请了你呢。”

“噢，你说的这个。”

“你干吗不来?”

“我不能当着别人的面和你在一起，我受不了，这种事以后再也不干了。”

她耸了耸肩膀。接着她问：“我们到哪儿了?”

他们从铁路桥下通过，驶进了帝国大道。弗兰茨说：“这里通向多瑙河，我们正在通向帝国大桥的路上。”说完又嘲弄似的补了一句，“这里没有熟人。”

“车颠得真厉害。”

“是啊，现在又到石子路面上了。”

“他为什么这么拐来拐去的？”

“这只是你的感觉吧。”

但是，他自己也觉得，马车把他们晃得很厉害。他没有说出来，省得她更加害怕。

“爱玛，今天我有好多话要严肃地跟你谈谈。”

“那你就说吧，九点钟我一定得回家。”

“其实两个字就什么事情都解决了。”

“天啊，怎么回事？”她大声喊了起来。马车陷进了马车轨道里[1]，车夫想把车拉出来时，来了个大转弯，差一点把车弄翻了。弗兰茨一把抓住车夫的大衣，冲着他喊了一声：“您喝醉了！”

车夫费了很大的劲，才使马停了下来。“尊敬的先生，不过……”

“来，爱玛，我们在这儿下车。”

“我们到哪儿了？”

“已经到桥边了。现在风也不那么大了。我们在这里走一段，在车里不能好好说话。”

爱玛拉下面纱，跟他下了车。

她刚从车里探出身子，一股风向她迎面扑来。她大声喊道：“这风还小？”

他挽住她的胳膊。他对车夫说：“在后面跟着。”

他们漫步向前走去。桥呈拱形，他们往上走时，谁也不说话。他们走到桥中间，听见河水在桥下潺潺流过。他们停了一会儿。周围一片漆黑。宽阔的河流灰蒙蒙地向远处延伸，看不清河岸。他们看见远处有红色的灯光，好像挂在河上，

1　在发明有轨电车前，某些城市曾有有轨马车。

在水面映出一缕缕微光。他们刚离开的河岸那边，晃动的光带沉入水中；对岸，河流好像和黑沉沉的草地融成了一片。远处好像响起一阵隆隆的声响，响声越来越近。他们两人不由得向红灯闪烁的地方看了看。那是一列火车，窗户里亮着灯光，隆隆地疾驶而过，驶过的地方好像突然从黑暗中长出弓形的铁架；火车一过，铁架马上又消失了。火车的轰隆声渐渐远去，听不见了，周围一片寂静。只有一阵阵大风不时地向他们吹过来。

他们默默地站了好久，弗兰茨开口说道："我们该走了。"

爱玛轻轻地答了一句："可不是。"

弗兰茨兴奋地说："我们该走了，我是说远走高飞……"

"这可不行啊。"

"这是因为我们胆小，爱玛，不是别的。"

"我的孩子怎么办?"

"我相信，他会把孩子给你的。"

"怎么给?"她轻轻地问道，"三更半夜跑了，他能给?"

"当然不是这样，你只要直截了当地跟他说，你是别人的，再也不能和他一起生活，事情就完了。"

"弗兰茨，你是不是有点疯了?"

"要是你愿意，我可以代劳，我自己跟他说去。"

"弗兰茨，你千万不能这样做。"

他想看她。天太黑，他只看见她抬起头，转向他；他看不清她的表情。

他沉默了一会儿。接着他平静地说："你别怕，我不会去说的。"

他们向对岸走去。

她说："你没有听见什么？这是什么声音?"

他说："声音从那面来。"

从黑暗中传出嘎吱嘎吱的声音，慢慢地由远而近；一盏小红灯摇晃着，向他们迎面而来。很快他们就看清了，那盏小红灯是挂在一辆马车前轴上的一盏小马灯。他们看不清车上是装着东西还是载着人。一会儿，又过来两辆同样的车。在后面那辆车上，赶车人正好划火柴点烟斗，他们就着火光看见那个人穿一身农民服装。两辆车都驶过去了。身后二十步远的地方，马车发出低沉的声音，向远方慢慢驶去，除此以外，听不见任何别的声响。过了中线，桥面微微向对岸倾斜。他们前面的街道两边种着树木，街道向前方延伸，消失在黑暗中。树木外面的低地上，左右两边都是草场。他们向草场看过去，那草场如同万丈深渊，深不可测。

弗兰茨好久没有说话。突然他说："那好吧，这是最后一次……"

"什么?"爱玛问道，声调有些忧虑。

"我们最后一次在一起。你留在他那里吧，我要跟你说再见了。"

"你这话当真?"

"一点也不假。"

"你看，每次我们在一起，都是你败坏了我们的兴致，我可没有这样做过。"

弗兰茨说："对，对，这点你说对了。来，我们回去。"

她把他的胳膊拉得更紧了。她温柔地说："不，现在我不想回去。我不能就这样让你打发走。"

她把他拉到身边，吻了他好久。接着她问："我们从这里一直走下去，会到哪里?"

"直通布拉格，我亲爱的。"

她微微一笑："不走这么远，不过你愿意的话，我们再向外面走一段。"她在黑暗中向前方指了指。

"嘿，车夫!"弗兰茨叫了一声。车夫没有听见。

弗兰茨大声喊起来："您停下!"

马车还在往前跑。弗兰茨跟在后面追。现在他看清了，车夫睡着了。弗兰茨急得又喊又叫，才把他喊醒。“我们顺着这笔直的马路再往前走一小段。您听清楚了吗?”

“听清了，尊敬的先生。”

爱玛上了车，弗兰茨跟着也上了车。车夫把马鞭一扬，打了一鞭，两匹马就在湿软的大道上奔跑起来。车里的两个人紧紧地拥抱在一起，马车把他们晃得东倒西歪。

爱玛挨着他的嘴，轻轻地说：“这不也挺美的。”

话音刚落地，她觉得马车突然飞向空中，她被扔出了马车，她想抓住什么东西，抓了个空。她觉得好像在绕着什么打转，速度快得要命，她不得不闭上眼睛。突然，她觉得好像躺在地上；一下子静得非常可怕，好像一个人来到人迹罕至的孤岛。过了一会儿，她听见各种乱七八糟的声音：有附近地上踢打的马蹄声，有轻微的呻吟声。但是她什么也看不见。现在，她感到非常害怕，大声喊了起来；她听不见自己的喊声，更害怕了。她一下子明白发生了什么事情：马车撞到什么东西上，大概撞到里程碑上，翻了车，他们从车里跌了出来。接着她脑子里马上闪过“他在哪里?”的念头，她喊了一声他的名字。她听见自己的喊声，虽然很轻，但听见了。没有人回答。她想站起来。她很费劲地在地上坐了起来。她两只手向四周摸索，摸到身旁有一个人。现在，她能穿过黑暗看到一点东西了。弗兰茨躺在她旁边，一动不动。她伸开手，摸了摸他的脸；她感到脸上有什么又湿又热的东西往下流。她吓了一跳，喘不过气来。血……？怎么回事？弗兰茨受了伤，失去了知觉。车夫呢？车夫上哪儿去了？她喊车夫，没有回答。她还坐在地上。虽然浑身都疼，但她想，我没有事。我怎么办，我怎么办……我一点事没有，这怎么可能呢。她喊道：“弗兰茨!”就在近旁，有个声音回答道：“您在哪儿，尊敬的小姐？尊敬的先生在哪儿？没有出什么事吧？您等一等，小姐，我把灯点着，好看看怎么回事。我不知道，今天铁扣怎么回事。我没有过错啊!啊呀，这该死的马，撞到石头堆上了!”

爱玛忍住浑身疼痛，站了起来。车夫没有出事，她的心境平静了一点。她听见车夫开了马灯的小门，划着了火柴。她等着灯光，心里好生害怕。弗兰茨躺在她前面的地上，她不敢再去摸他。她想，什么也看不见，显得更可怕，他肯定睁着眼睛……不会有什么事的。

一缕光线从旁边射过来。她突然看见马车并没有翻倒在地，只是冲着路边的沟，好像坏了一个轮子地斜停在那里。两匹马一动不动地站在前面。灯光渐渐靠近。她看见光线掠过里程碑和石头堆照到了沟里。接着，光线爬上弗兰茨的脚，掠过他的身体，照亮他的脸，停住了。车夫把灯放到地上，正好放在弗兰茨的脑袋旁边。爱玛双膝跪下，她一见他的脸，好像心脏停止了跳动。弗兰茨的脸毫无血色，眼睛半开半闭，她只能看见眼白。鲜血从右太阳穴流过脸颊，流进脖子上的衣领里不见了。牙齿咬在下唇上。爱玛呆呆地对自己说："噢，这不可能!"

车夫也蹲了下来，盯着弗兰茨的脸。他用两只手捧着他的头向上抬起。"您要干什么?"爱玛喊了起来，声音都窒息了；她看着这好像自己向上抬起的头，吓了一跳。

"尊敬的小姐，我看出了大事了。"

爱玛说："这不是真的，不可能。您出了什么事？我也……"

车夫慢慢地把弗兰茨的头放下，放到爱玛的怀里，爱玛浑身发抖。"有个人来多好……过一刻钟来几个农民该多好啊！……"

爱玛嘴唇颤抖，问车夫："我们该怎么办?"

"是啊，小姐。要是车没有坏就好了。可是您看，车成了这个样子。我们只好等着有人来。"他还在往下讲，爱玛并没有听进去。但是就在这当儿，爱玛好像清醒过来似的，知道该做什么了。

她问："到最近的房屋多远?"

"小姐，不很远，前面不远就是弗兰茨·约瑟夫斯兰特，要是白天，我们能看见那里的房子，五分钟就能到。”

“请您到那里去一趟。我留在这里，您去叫人。”

“小姐，我看，我还是留在您这里好些，用不了等多久，就会有人来的。这里是帝国大道，再说……”

“那就太晚了，会太晚了。我们需要一个大夫。”

车夫看看弗兰茨的脸，又看看爱玛，摇摇头。

爱玛喊了起来：“这您怎么能知道！我也不知道。”

“那好吧，小姐。不过，在弗兰茨·约瑟夫斯兰特我怎么找得到医生？”

“那就从那里到城里去……”

“小姐，您知道吧……我想，那里会有电话。我们可以向急救站打电话。”

“好极了，这是最好的办法！您去吧，快点跑去吧，千万快点！要把人请来……再说……请您快跑吧，您还在这里干什么？”

车夫看看躺在爱玛怀里苍白的脸。“急救站，医生，唉，常常没有什么用。”

“您快去吧，您千万快去吧。”

“这就走，小姐，这么黑，您别怕。”说完，他就很快上路走了。他一边走，一边喃喃自语道：“有什么办法呢！我能负什么责任！也真是的，深更半夜到大马路上瞎跑……”

爱玛一个人留在黑暗的马路上，旁边躺着弗兰茨，他一动不动。她想：“现在该怎么办？”她脑子里一再闪过这样的念头：这怎么可能呢……不会的。突然，她好像听见旁边有呼吸声。她俯下身子，凑近弗兰茨苍白的嘴唇。一点气都没有。太阳穴和脸颊上的血好像干了。她盯着他无神的眼睛看了一会儿，心里一震。我为什么不相信呢，肯定是……他死了！她打了一个寒战，汗毛都竖了起来。啊，死人，我和死人在一起，我怀里躺着死人。她两手发抖，把他的脑袋挪开，让他又躺到地上。现在她觉得非常孤独，可怕极了。她为什么把车夫打发走呢？唉，真是……！在郊外的公路上，她一个人怎么弄这个死人啊！人来了怎么办？是啊，要是有人来，她该怎么办？她又看看死者。她忽然想起来，她不是一个人。还有一盏灯。此刻，她觉得这盏灯很可爱，很友善，她得感谢这盏灯。这小小的火光比她周围整个的黑夜更有生命。她觉得，面对躺在身旁地上的苍白而可怕的死人，这火光会保护她。她久久地凝视着这灯光，把眼睛都看花了。突然，她有一种刚睡醒时的感觉。她一骨碌跳了起来。这可不行，不能让人发现我和他在一起。她好像看见她自己站在公路上，脚下躺着死人，放着马灯；她看见自己非常高大，耸立在黑暗中。她想，我在等什么？许多想法在她脑中一闪而过。我在等什么？等人？他们要我干什么？一会儿就要来人，他们会问我……我……我在这里做什么？大家都会问我，我是谁。我该怎么回答他们？什么也不答，我一句话也不能说。他们来了，我就不说话，一个字也不说，他们不能逼我说话。

远处传来脚步声。

怎么，他们已经来了？她一边这样想着，一边竖起耳朵倾听着，心里七上八下的。声音从桥那边传过来。显然这不是车夫叫来的人。但是，不管是谁，他们会看见灯光，会发现她，这可不行。

她一脚把马灯踢翻，灯熄了。她站在那里，周围一片漆黑。她什么也看不见。她也不再去看他了。只有那堆白色的石头闪着一丝微光。脚步声越来越近。她全身颤抖起来。上帝保佑，千万别在这里被发现，这是唯一重要的事情，她的命运完全系在这一点上。要是让人知道她是他的情人，那她就完了。她痉挛地合起手，默默地对天祈祷，别让那边的人看见她。她侧耳细听。声音是从那面过来……他们在说什么？……听声音是两个或三个女人。她们已经看见马车，因为她们在说马车的事，她能分辨出一个一个的字。一辆车……翻了……他们还说了些什么？她听不清楚。她们继续往前走，走过去了。呵，谢天谢地！现在该怎么办？噢，为什么她不像他那样死了呢！真羡慕他。他可是什么事也没有了，他一点不用担惊受怕，他什么危险也没有了。可是她，许多事情使她害怕发抖，她怕人家在这里发现她，她怕人家问她：您是谁？她怕人家把她带到警察局里去，她怕所有的人都会听说这件事，她的丈夫，她的孩子……

她不懂她为什么一动不动地站了这么久。她完全可以跑开，她在这儿对谁都没有用，只能给她自己造成不幸。她挪动了一步……小心……她得跨过路边的排水沟，再上去……噢，排水沟怎么这么深！她再走了两步，来到大路中间。她站了一会儿，往前看了看。她在黑暗中依稀辨认出灰色的路。对，城市在那边。她看不到一点城市的影子，但是方向她记得很清楚。她转过身。天并没有那么黑。她很清楚地看见马车，看见车前的马匹。她睁大眼睛使劲看的话，还能看见躺在地上的一具人体的轮廓。她眼睛睁得大大的，好像有什么东西拉住她，不让她走开……原来是那个死人，他要留住她，她害怕他的威力。她挣脱了这股无形的力量，不去想他。现在她才注意到，地很潮湿，她站在泥泞光滑的路上，很难移步。她移动脚步，越走越快，后来干脆跑了起来。她要赶快离开这里，回到城里去，回到明亮喧闹的城市，回到人群中去。她提起裙子，省得跌倒；她沿着大道向前跑去。她感到背后有风，好像在推她。她这么跑着，也不清楚她为什么逃，怕的是谁。一会儿，她觉得她是害怕在排水沟边躺着的脸色苍白的男人，要赶紧离开他；一会儿，她忽然想起，她要离开的是活人，是那些马上就要来找他们的活人。他们会怎么想？会不会来追她？但是他们追不上她了，她就要到桥上了，她已经跑出了很远一段路，危险已经过去了。他们不可能知道她是谁，谁也不会知道，和那个男人一起在公路上乘车的女人是谁。车夫不认识她，以后再见面，他也认不出她来。他们也不会问她是谁。这跟他们有什么关系？她没有留在那里是聪明的，这样做也并不卑鄙。弗兰茨自己活着也会认为她这样做是对的。她必须回家去，她有孩子，有丈夫；让人发现她和情人在一起，她就完了。桥就在前面，马路更亮了……她已经听见潺潺的水声，她来到他们刚才手挽手散步的地方……那是什么时候？……多久了？几个小时了？大概还没有多长时间吧。不久吗？也许很久了，她很可能昏迷了好长时间，也许半夜了吧，也许快天亮了吧，丈夫发现她不在家里。不，不，这不可能。她很清楚，她当时没有昏过去，现在，她比当时还能更确切地回忆起她怎样从车里摔出来，很快就知道发生了什么事。她跑过桥，听得见自己的脚步声。她不往两边看。现在她看见有一个人向她迎面走来。她放慢脚步。过来的人可能是谁？是个穿制服的人。她走得很慢，她不能引起别人注意。她好像觉得那个人盯着她。那个人是治安人员。她从他身边走过去。她听见，他在她身后停了下来。她控制住自己，没有跑起来；一跑就会引起怀疑。她继续慢慢走着。她听见马车轨道清脆的响声。离半夜肯定还早着呢。她又加快了步伐，急急忙忙向城里奔去。她已看得见街口铁路桥下的灯光在闪烁，似乎听见街上低沉而嘈杂的声音。过了这条街，她就解脱了。现在，她远远地听见一阵尖厉的声音，越来越尖，越来越近。一辆汽车从她身旁疾驶而过。她不由得停下来，看着汽车远去。这是一辆救护车。她知道车开到哪儿去。她想，开得多快啊……简直像着了魔！有一阵子她觉得她该叫住那些人，她该跟他们一道，回到出事的地方去；她感到一阵羞愧，她从来没有这么羞愧过。她知道，她刚才很怯懦，做得很不好。但是，当汽车隆隆的轮声和刺耳的喇叭声渐渐远去，终于听不见时，她心头一阵狂喜。她如释重负，急急忙忙向前赶路。许多人迎面走过来，她已经不怕他们了，最困难的一关已经过来了。城市的喧闹声已经听得很清楚，她面前越来越亮。她已经看见普拉特街一字儿摆开的房屋，似乎觉得那里有一列长长的人流在等她，她马上就会消失在这人流之中。她走近一盏路灯。她已不再心慌，她心境安静地看看手表。现在是八点五十分。她把表凑到耳边听听，表一直没有停。她想道：我还活着，一点没有伤……连我的表也还在走……而他……他……他却死了……真是命运……她这么一想，好像觉得什么都原谅她了，好像她这方面一点责任都没有。命该如此，真的，命该如此。她听见，她把这几个字说得很响。那么，要是命运作别的安排呢？要是她躺在那边的沟里，而他还活着？他是不会跑掉的，不，他不会的。当然喽，他是个男子汉；而她是个女人，还有丈夫和孩子。她没有做错，这是她的义务，她的责任。她十分清楚，她离开他并不是出于这种责任感。但是她做的是合情合理的，是身不由己的，所有的好人都是这样的。她要是留在那里，现在就该被发现了，医生会问她：尊敬的太太，这是您的丈夫？天啊，真可怕！明天的报纸……她的家庭……她一辈子就都毁了，但是她并不能使他复活。事情就是这样；她会毁得毫无意义。她已经在铁路桥下……再往前，再往前……这里是特格脱霍夫柱，好几条街道在这里交叉。在这刮风下雨的秋夜，外头没有多少人；但是她从一个静得可怕的地方来到城里，觉得周围好像大海那样汹涌澎湃，喧闹不止。时候还早。她知道，她丈夫今天快十点才能回家，她还有时间换衣服。她现在想起该看看她的衣服。她吓了一跳，她的衣服全都脏了。她怎么跟用人说呢？明天，所有报纸都会刊登这起事故的消息，这一点像雷电一样闪过她的脑海。报纸还会提到同车的还有一个女人，事故发生后却不见了。想到这里，她又害怕得发抖，只要一点不小心，她的胆怯逃跑就会白费力气。不过，她带着大门的钥匙，她可以自己开门，不让人听见一点响动。她很快登上一辆马车，正要告诉车夫她的地址，忽然想起这样做可能不妥。她向他随便说了一条她正好想到的街名。马车驶过普拉特街的时候，她很想想点什么，但是她做不到，她觉得此刻她只有一个愿望：回家，到安全的地方去。别的事她都无所谓了。当她决定把死者一个人留在马路上的时候，那些为失去他而哀伤痛苦的想法和情感都只好先压下去。她现在操心的是自己。她不是冷酷无情的人……噢，不是的！……她很清楚，她以后的日子会很难过，她会感到绝望，也许她会被精神痛苦折磨得死去。但现在，她唯一的希望就是不要哭湿了眼睛，心境平静地回家，和丈夫、孩子一起坐在同一张桌子上。她从车窗往回张望：马车在内城行驶，街上灯火通明，许多人在车旁匆匆走过。忽然，她觉得这几个小时的经历不可能是真的，好像一个噩梦，既像真的、不可改变的东西，又抓不住它。过了环城路，她让马车在一条小胡同里停下。她下了车，快步转过街角，又雇了另一辆车，告诉他她家真正的地址。她觉得她现在根本没有能力思考。他现在在哪儿？她脑子中闪过这个念头。她闭上眼睛，看见他躺在担架上，在救护车里……突然，她觉得好像就坐在他身旁，一起往前开。车开始晃起来，她怕像当时那样被扔出车外，她惊叫一声。马车停住了，她打了个寒战：原来她已经到家了。她很快下了车，匆匆穿过过道，轻手轻脚地走上楼梯。楼门口的门房没有听见她的声音，坐在窗后连头也没有抬。她轻轻开了房门，穿过前厅，走进她的卧室——终于到家了！她开开灯，急忙脱下衣服，藏到柜子里。过了夜，衣服就干，明天她要自己擦自己熨，接着她洗了脸洗了手，穿上睡衣。

外面铃声响了。她听见女用人走到门口开门。她听见她丈夫的声音，听见他怎样放下手杖。她觉得她现在必须坚强，否则就会前功尽弃。她赶紧往餐室走去，正好和丈夫同时走进去。

他说："啊哈，你已经回家了？"

她答道："当然，已经好久了。"

"看来他们没有看见你回来。"她很自然地微微一笑。此刻她还得微笑，她觉得真使人劳累。他吻了一下她的前额。

小儿子已经坐在桌边。他等了好久，睡着了。盘上放着他的书，书本开着，他的脸枕在书上。她坐到他身旁，丈夫坐在她对面，拿起一张报纸，溜了一眼。他放下报纸说："别的人还坐在那里继续讨论呢。"

她问："讨论什么？"

他讲起今天的会，讲了很长，讲了很多。爱玛装出听讲的样子，不时地点点头。

但是她什么也没有听进去，她不知道他在讲什么；她现在的心情就像一个很奇妙地摆脱了可怕的危险的人那样……她只有一个感觉：我得救了，我回到家里了。她的丈夫还在那里讲个不停；她把椅子挪近她的孩子，捧起他的头。她把孩子的头紧紧地贴到自己的胸口上，她感到疲惫不堪，她控制不住了，她昏昏沉沉，睡意上涌，闭上了眼睛。

忽然，她想起从沟里爬上来后不再去想的另一个可能性：要是他没有死呢？如果他……啊，不可能，他毫无疑问是死了……他的眼睛……他的嘴巴……而且一点气儿也没有。但是也有可能是假死。连训练有素的人也常常会看错。而她并没有经过训练。要是他还活着，要是他恢复了知觉，发现深更半夜自己一个人躺在公路上……要是他呼唤她，呼唤她的名字……要是他担心她受伤……要是他告诉医生，这里还有一个女人，她大概比他摔得更远。还有……还有……啊，那后来会怎么样呢？他们会到处找她。车夫会从弗兰茨·约瑟夫斯兰特带人回来，他会告诉他们，他走的时候，那个女人还在这里，弗兰茨会预感到发生了什么事。弗兰茨马上就会明白——他摸透了她——他马上就会明白：她跑了。他会感到一阵无比的愤怒。他会报复，说出她的名字。反正他已经完了。在他临死时她竟丢下他不管，会使他的心灵受到极大的震动，他什么也不顾了，他会告诉大家；那个女人是我的情人爱玛太太，她既胆小又愚蠢，医生先生，你们说是不是？因为，如果我们请求你们保密，你们肯定不会问她的名字。你们会放她走，我也不会拦住她。只是她该留在这里，等你们来了再走，对吧？可是，这个女人却这么坏，所以我要告诉你们，她是谁，她是……啊！

“你怎么了？”教授很认真地问了一句，从椅子上站了起来。

“什么？你说什么？怎么回事？”

“是啊，你怎么了？”

“什么事也没有啊。”她说着，把孩子贴近自己的身边。

教授看了她好一会儿，“你知道，你刚才睡着了，还……”

“还什么？”

“突然喊了起来。”

“是吗？”

“像做噩梦那样大声喊叫。你做梦了？”

“我也不知道，我一点都不知道。”

她对面的墙上是一面穿衣镜。她看见镜里有一张脸，脸色严峻，挤出一丝笑意，显得非常难看。她知道，这是她自己的脸，但是她还是吓了一跳。她看见她的脸僵住了，她的嘴巴不会动了。她心里明白，只要她活着，她就得装出这副笑容。她想喊，这时，她感到有一双手放到她的肩膀上，她看到，她丈夫的脸插到了她的脸和镜里的脸之间。他的眼睛直射她的眼睛，既像讯问又像威胁。她知道，她要是不能经受这最后的考验，就什么都完了。于是她觉得她又获得了力量，又坚强起来，能控制自己的表情与动作了。现在，她的手想做什么就能做什么了。她必须利用这双手，否则就要败露了。她用两只手抓住她肩上丈夫的手，拉到胸前，非常高兴地含情脉脉地看着他。

她丈夫的嘴唇吻她的前额的瞬间，她想，是的，这是一场噩梦。他不会告诉任何人，他不会报复，永远不会……他已经死了，他肯定已经死了……死人是不会说话的。

“你为什么说这个？”突然她听见她丈夫的声音，她吃了一惊。“我到底说了些什么？”她仿佛觉得她突然大声地把什么都说了，好像在吃饭时就已经把今天晚上的事情和盘托出。她看见他那可怕的眼光几乎软瘫了，她又问了一句：“我到底说了什么？”

“死人不说话。”她丈夫慢慢地重复了一遍。

她说：“是的……是的……”

从他的眼睛里她看得出，她什么也不能再瞒着他了。两个人互相看了好久。接着，丈夫开了口：“把孩子送进去睡觉，我想，你还有话对我说。”

她答道：“是的。”

她瞒了她丈夫好多年。她知道，过一会儿她就要告诉他全部真情。

她带着孩子慢慢地走出门去。她觉得她丈夫的眼睛总是盯着她。她反而感到十分平静，好像许多事情都会重新变好。

鉴评：被选定的毒瘴污潦

死人不说话，这是常识。

在这里，一个女人把自己全部的希望寄托在这一常识上，但求自己的秘密因情人已经死去，而死去了的人是不会说话的这一事实而永不泄露。然而，泄露秘密的恰巧是她自己，导致她泄露秘密的，正是她对死人不说话这个常识全心全意的信赖，正是由于她把自己内心中这一绝对的信赖转化成了明确而具体的语言。

这是一个带有思辨性意趣、辩证法意趣的构思，它使一个爱情故事别具一格。

按照这个构思，从起点到终点，有相当长的一段路程要走，从死人不说话、秘密肯定得以严守到最后由当事人从嘴里道出了这一常识而使秘密泄露无余，这中间的一段路程，与其说是故事发展的过程，不如说是当事人心理变化的过程，因为它必须靠当事人的心理活动才得以完成，当事人内心中的一种隐形的信赖，凝结为具体的、有声的语言脱口而出，只可能是内心中复杂感情变化演绎的结果。

于是，这篇小说就必然是以心理描写为主要内容，甚至可以说就是一篇心理小说了。

当然，它描写的不是正常情况下男女双方健康的爱情心理，而是一种怯懦的、没有出息、没有志气、“苟且偷生”的爱情心理。男女主人公在合法的婚姻与家庭之外偷情了多年。对于他们这种情况，人们往往可以用非此即彼的道德来加以要求：如果不是以婚姻家庭的道德来要求他们终止通奸的过错、痛改前非、重新做人的话，就是以爱情的诚实准则要求他们敢于公开自己的私情，并且正大光明地去创造共同的生活。但他们的行动既不符合前一种道德，又不符合后一种准则。在世界上，这种类型的男女关系实不少见，甚至也可以说是男女情爱常态中的一种。然而，这种情爱进入文学，则成为一种不折不扣的庸人之爱，因为对于传统文学来说，作为一个爱情主人公至少应该有一种不计功利的激情，一种不顾后果的勇气。在这篇小说里，女主人公怕失去的东西实在太多了，家庭、孩子、财富、面子……这使她在长期的通奸中得过且过。男主人公似乎有点勇士的气味，他倒准备按非此即彼的道德准则办事，如果不能公开地与情妇生活在一起，那就只与情妇做“最后一次幽会”，然而，在最后一次幽会中，他却遇车祸不幸身亡，只留下了他的勇士愿望。

准英雄主义的男主人公既死，剩下来的就是看女主人公斤斤计较、患得患失的爱情心理如何在受到意外打击的异常情况下变化演绎了。这本是一种灰溜溜的爱情，是资产阶级庸人利己主义的爱情，缺乏激情与勇气，它总是以“自己有孩子、有丈夫，让人发现和情人在一起，她就完了”这一恐惧为轴心而变化演绎的，这种恐惧使她弃身亡的情人于不顾，逃离现场，竭力掩盖事实真相，等等。然而，自私的利己主义又不断受到一些具有韧性与持久力的东西的强烈冲击，那就是对情人的感情与自己良心上的不安，而她内心这种真挚之情与自私的利己主义反复的激烈斗争，终于把她的身心推到了即将崩溃的边缘，她在这边缘上难以自控的一句话，又把她在现实生活中的处境推到了退路已断、义无反顾、只有“背水一战”的地步——丈夫看出了一切！这倒好了，这个糟糕的地步反而使她全部的身心得到了解脱，使她的内心世界里恢复了勇气与坚强，至少是结束了欺骗，恢复了诚实。于是，我们在小说的最后，就看到了一点不同于资产阶级庸人，不同于利己主义的清亮的闪光，从这个意义上来说，小说的副标题似可拟为：《爱情，不由自主的胜利》。

奥地利在世界上不是一个“文学大国”，施尼茨勒在世界文学中也不是一个重要的大作家，他也许只够得上三四流的地位，但是，他是一个颇有独特性的作家：他是西方文学中最早运用意识流方法的人，他 1900 年的小说《古斯特少尉》与法国作家杜雅尔丹 1887 年的《月桂树已被砍尽》，可说是西方意识流小说中的第一、二只“燕子”。他的所长，显然是在心理描写这个领域，在这篇小说里，我们就可以欣赏到他的这一种技艺。他很善于在动态的现实发展中描写动态的心理变化，反过来，又让心理变化投射在并作用于现实生活中，而心理变化本身又经常是层层深入、反反复复的。这无疑是一种心灵的辩证法。当人们欣赏到了他这种技艺以后，谁又会说心灵辩证法的技艺是俄国作家托尔斯泰所专有的？

白夜

[俄国] 陀思妥耶夫斯基
王赓年 译

作者简介

陀思妥耶夫斯基（1821—1881），俄国著名作家，出身于一个医生家庭，从彼得堡军事工程学校毕业后，工作了一年就专门从事文学创作，其成名作是长篇小说《穷人》。19 世纪 40 年代末，因参加革命活动被捕判处死刑，临刑时改为流放西伯利亚，先后服苦役与兵役共九年；50 年代末，才恢复写作的权利。此后的重要作品有《死屋手记》《罪与罚》《白痴》《卡拉马佐夫兄弟》。《白夜》是他 19 世纪 40 年代的作品。

第一个夜晚

一个充满幻觉的夜晚。这样的夜晚，亲爱的读者，大概只出现在我们年轻幼稚的时候。夜幕上繁星灿烂，碧空中清新如洗；只要抬头望一望，就会不由自主地反问自己：难道在这样的苍穹之下，还能有肝火旺盛、喜怒无常的人们生存吗？这也是年轻幼稚的问题，亲爱的读者，确实年轻幼稚，然而，但愿上帝能经常用这类问题触动您的心灵！……

提起喜怒无常和肝火旺盛的先生们，我也不能不追忆一番我这一整天情操优异的行止。

从清早起，就有某种莫名其妙的苦恼折磨着我。因为我忽然觉得：我，这个孤独的人，被所有的人抛弃了，所有的人都和我断绝了往来。自然，任何人都有权询问：这所有的人指的是哪些人呢？因为我住在彼得堡差不多已经有八年光景，可是并没有学会与哪一位结交。不过，结交对我还有什么意义呢？本来我就熟悉整个彼得堡。这就是为什么彼得堡所有的人都忙着收拾行装并且突然动身去避暑的时候，我觉得似乎所有的人都抛弃了我。因为我非常害怕单独留下来。

整整三天，我在城里到处徘徊踯躅，陷入了深沉的苦闷，茫然不解我到底是怎么一回事。不管是踏上涅瓦大街，还是走进花园，或者沿着河堤路漫步，那些我习惯于整年整月在某一时间、某一地点遇到的人，一个也不露面了。他们自然不认识我，可是我却熟识他们；我对他们可说是近切相知，差不多研究过他们的面貌。他们喜气盈盈的时候，我欢欣快慰；他们愁云满面的时候，我感到忧郁。我差不多和一位老头儿建立了友谊。每一天的同一个时间，我都在凤丹卡河桥上碰见他。他面容沉思而庄重，口中喃喃自语，左手不断地挥动着，右手撑着一根多节的、顶端镀金的长手杖。甚至他也注意到我，流露出由衷的同情。假如在那个时间，我偶然没有在凤丹卡河桥上那个地点出现，我估计他心里一定会倍感忧郁。正因为如此，我俩差不多达到了点头寒暄的地步，特别是双方心境都好的时候。不久之前，我们整整两天没有碰面，第三天路上相遇，彼此的手本来几乎举到了各自的帽檐边上，但却及时抑制住了冲动，垂下了手臂，双方不无依恋地擦肩而过。

我同样熟识一幢幢的房屋。我走在路上，每一座房屋都仿佛跑上我前面的街道，启开所有的窗户望着我，几乎出声地召唤我，一个说：“您好，贵体如何？托上帝保佑，我还身强力壮，到五月，又要在我身上加一层楼了！”另一个讲：“您身体好吧？可是我明天就要开始修理啦！”还有的告诉我：“我差一点烧光，可吓坏我啦！”如此等等。其中有我钟爱的宠儿，也有过从甚密的朋友。有一个打算在今年夏天请建筑师诊病。到那时候，我一定要每天顺路去专程探望一番。上帝保佑，千万不要乱治一通！我永远难忘一座容貌姣好、颜色淡红的小房子所遭受的一切。这是一座颇为可爱的石头房子，那么和蔼可亲地望着我，那么矜持地看待丑陋的四邻，所以，每当在那条街经过的时候，我总感到分外的欣慰。但是，就在上一个星期，我沿着那条街走的时候，抬头望一望我的朋友，突然听到了凄然的啼诉：“他们把我涂抹成黄颜色了！”这些暴徒！野蛮人！他们什么都不怜惜，即使廊柱和屋檐也不放过！于是我的朋友就变成了金丝雀那种土黄色。为这件事，我的肺几乎都气炸了，直到现在我也鼓不起勇气去探望我那被丑化了的朋友，可怜他被刷成了天下帝国[1]的颜色。

如此这般，读者先生，您也就知道我熟悉整个彼得堡的经过和手段了。

我已经说过，在没有揣测出自己不安的原因之前，我已经苦恼了整整三天了。在街上我感到十分不愉快，这个不露面，那个又碰不见，某某人又躲到哪里去了呢？就是在家里也很别扭。一连两夜，我都在冥思苦想：我这小小的角落里，还缺少什么呢？为什么置身其中会这么不舒服呢？我怀着重重的疑虑开始审视屋里暗绿色的墙壁，那是被烟熏黑的；我仔细观察挂满了蜘蛛网的天花板，那蜘蛛网的孳生要归功于玛特辽娜的“努力”；我留心看过我所有的家具，熟视每一把靠椅（因为即使一把椅子放得和昨天不一样，我立刻就会觉得不自在），考虑祸根是否就在此地？我又望一望窗户。但是一切全都白费功夫……心情一点儿也轻松不起来！我甚至没头没脑地把玛特辽娜喊来，给予严父般的申斥，责怪她蜘蛛网的事和到处都不干净。然而，她只是惊奇地望了望我，一字不答

1　天下帝国，即西方人对古代中国的称谓，这里指黄龙旗的土黄色。

地走开了。所以直到现在那些蜘蛛网还安然地挂在原处。

最后，直到今天清早，我才揣测到是怎么一回事。噢，原来他们在急急忙忙地避开我，逃到别墅去，溜之大吉呀！请原谅我用的字眼儿粗俗，不过我实在已经顾不及文辞的高雅了……因为，几乎彼得堡所有的一切都已经或者正在迁往别墅去。每一位雇得起轿车并且仪表堂堂、令人敬重的绅士，这时在我眼里都变成了尊贵的家长；现在他结束了日常公务，正轻装上路，到自己姓氏的聚集地——别墅去。每一个行人都流露出一副全然特殊的表情。仿佛对所有迎面走过的人不断地重复着："诸位，我在此地只是路过而已，两个小时后我就要乘车离开，到别墅去了！"还有：窗户推开了，先是雪白纤细的手指像打小鼓似的叩响窗扉，而后，一个美丽的姑娘探出头来，把卖盆花的小贩叫到跟前。我立时立地就想象得出，那些花是这样买的，也就是说并不打算在城市闷热的居室中欣赏春光花色，而是由于即刻就要动身坐车到别墅去，可以顺便把盆花一起带走。除此之外，我还在自己新颖而奇特的发明项目中取得了优异的成果：学会了单凭外表就能准确无误地判断谁住什么样的别墅。卡敏岛、阿普杰卡尔岛以及彼得格尔路的住户，一向就以优雅考究的举止、漂亮时新的夏装和乘坐华贵的轿车进城而显得与众不同；住在巴尔格罗夫或者更远些的居民，只要一露面，就"暗示"出他们的明智和体面；克列斯多夫岛的客户最显眼的地方是他们那种知足常乐的神情。一路上经常遇到货车队。长长的一排车夫，手挽缰绳，懒洋洋地走着。大车上，各种土耳其式或非土耳其式的家具桌椅以及居家什物等等堆积如山。同时还会看到，在所有的家具顶端往往安坐着一位虚胖的厨娘。她像爱护自己的眼珠似的看守着老爷的家私。此外，还有许多满载家什用具的船只在涅瓦河、凤丹卡河上浮动着，驶向乔尔纳雅河以及其他各岛。眼望着这些大车和船舶越来越多、成十倍成百倍地增加着，我觉得仿佛一切的一切都在乘车离去，或用车船迁移到别墅去了，甚至令人感到整个彼得堡有化为废墟的危险。正是这样，使我觉得十分羞愧、愤懑和悲伤：我完全无处可去，也无须乎去避暑。尽管我也打算跟随任何一辆货车步行，或同任何一位雇有轿车的体面绅士一起乘车前往，然而没有哪一个人，根本没有哪一个人邀请我，似乎彻底忘掉了我，仿佛我对他们事实上只不过是一个陌生人而已！

我走得时间既久，路程又远，像往日早已习惯的那样，忘其所之，不晓得身在何处了。后来突然发现自己已经来到城门哨所附近。只一瞬间，心绪变得突然畅快起来。于是我走过界杆，踏着一丘丘下过种子的田野和一片片的草地，漫步前行。竟然没有感到一丝倦意，只是全身都觉得有某种沉重的负担从心灵上消失了。所有坐车路过的人都亲切地望着我，当真要点头寒暄似的。不知道为了什么，所有的人都快活得大吸其雪茄烟，没有一个例外。连我也十分高兴。这在我来说是从来没有过的现象。猛然间，我仿佛已经来到了意大利，大自然的美景使我这个半病的、差不多在城墙圈子里已经闷死的市民，惊叹不已。

我们彼得堡的自然景色中，存在着某种无以名状的、撩人心弦的东西。大自然随着春天的来临会突然显示出自己的全部声威，表现出上天赋予的所有力量：披上嫩绿的树叶，装饰起美丽的鲜花，露出色彩斑斓的丰姿……不知为什么，这自然景色不禁使我想起另一位女郎，她干瘦纤弱，满面病容；看着她，有时感到同情和遗憾，有时不无怜悯之爱，当然有时也会根本没有留意到她。可是，突然之间，她竟在一眨眼的工夫，突如其来地变得难以形容的艳丽动人，简直令人吃惊。你会感到惶惑、狂喜、陶醉，不禁反问自己：是什么力量诱使她那忧郁沉思的双眸闪射出动人的光芒呢？为什么她那苍白消瘦的两颊充满了血色的红晕？什么原因使她那娇美的面容焕发出欢乐的激情？为什么那丰满的前胸这样高耸迷人？到底是什么突然在那可怜的女郎面庞上唤起了力量、生命和美色，绽开了动人的微笑，激荡起晶莹闪烁、热情奔放的笑声？于是你会向周围探视，想找到那么一个人，你似乎已经猜到……然而这一刻很快就过去了，说不定就在第二天，你遇见的又是那依稀往日的沉思而恍惚的目光，看到的又是那同样苍白的面容，和以往举止中流露出的那种逆来顺受和胆战心惊的表情，甚至还有深沉忏悔、致命悲伤的某些痕迹，以及对片刻欢娱的懊丧……

不过，我的夜晚毕竟比白天好得多，事情经过是这样的。

很晚我才返回市内，开始走近寓所的时候，钟楼已经打过了十点。我走的是沿河堤的街道，这时候在街上连一个人影都没有。诚然，我住的地方距离市中心是相当远的。我一边走着，一边唱着歌，因为当我感到幸福的时候，我总要低声地哼点什么，正像一个虽然感到幸福，却既无朋友、更无知己，因而也无法与人分享欢乐的人一样。

突然，我碰到了一桩料想不到的惊险事件。

在路旁有一个女子侧身倚着河畔的栏杆站在那里，臂肘撑在扶手上，看样子正凝神注视着混浊的运河水。她头戴一顶很可爱的黄色小帽，披着一件漂亮的小黑斗篷。“这是一位姑娘，而且我敢肯定，她是个黑发女郎。”我这样想着。她大概没有听见我的脚步声，直到我屏住呼吸，怀着激动不已的心，从她身边走过的时候，她仍然一动不动。“真奇怪，”我推断着，“她一定是考虑着什么事，想得入神了。”突然，我停住了脚步，呆若木鸡：一阵低沉的痛哭声闯进了我的耳朵。是的！我没有听错，女郎在哭，一分钟后传来了连连的抽泣声。我的天哪！我的心都紧缩起来。尽管我一向在女性面前十分怯懦，可是，这是什么时候啊！……我返回身来，一步步地朝她走去。假如我不知道“夫人”这个称呼在许多为上流社会写的小说里用过千百次的话，我一定要脱口而出，叫一声：“夫人!”正是这一点阻挡了我。在我搜尽枯肠寻找一个恰当辞令的时候，女郎清醒过来，朝四下望了望，猛然想到了什么，低着头从我身边匆匆走过，沿河堤往前去了。我当即尾随着她。看来，她猜到了这一点，于是离开大街靠河堤这一面，横过车道，沿着对面的人行道慌里慌张地走去。我没敢横过车道去追她。心儿怦怦地跳得像一只被捉住的小鸟，但是，偶然发生的一件事帮了我的大忙。

那一侧人行道上，距离那陌生女郎不远的地方，突然冒出来一个身穿晚礼服的绅士。其人年纪可观，但仪态却不可观，步履蹒跚，小心翼翼地扶着墙走。

那女郎步子很快，像一支离弦的箭，匆忙而胆怯，那些担心有人自告奋勇在深夜送她们回家的姑娘就是这种走法。那位摇摇晃晃的绅士自然无论如何也赶不上她，假如不是我的命运之神启示他寻开心的话。突然间，那位绅士对谁也没讲一声，拔腿就跑，脚不点地似的追赶那陌生女郎。女郎快步如风，但是，原来步履蹒跚的绅士现在却越追越近了，终于赶上她了，那女郎突然厉声尖叫起来，于是……我感谢命运之神赐给我那根漂亮而多结的手杖，这时正握在我的右手里，说时迟那时快，我已经来到对面的人行道上，眨眼之间那位不速之客的绅士明白了怎么回事。意识到不可抗拒的道理，他一个字没说就向后退开了。只是当我们相距很远的时候，他才用些既生动又有力的口头禅对我表示抗议，不过，我们能听到的也极为有限了。

“让我们挽着胳臂走吧，”我对这位陌生女郎说道，“这样他就再不敢来纠缠我们了。”

她一声不响地挽起了我的胳臂，激动和惊恐使她的手还在颤抖。噢，冒失鬼先生，此时此刻我多么感谢你啊！我偷看了她一眼。模样儿很俊俏，而且是个黑发女郎，——我没有猜错。不知道是由于刚才的惊恐还是为了原来的苦恼，她那漆黑的睫毛上还闪烁着晶莹的泪珠，可是她的双唇已经绽开了一丝微笑。她也悄悄地看了看我，羞红了脸，低下头去。

“您看，刚才您为什么赶开我呢？如果我陪您在一起，本来就不会发生意外了。”

“可是，我不了解您啊。我以为，您也是……”

“难道您现在还不了解我吗？”

“了解一点点。唔，譬如说，您为什么发抖呢？”

“噢，您一下子就猜中了！”我回答道，不禁喜从心涌，我这位女郎真是聪明透顶；对于貌美这一点来说，称得起锦上添花。“是啊，您第一眼就看出来是跟什么样的人打交道。的确，我总在女性面前感到怯懦。我不否认我很激动，比刚才那位绅士吓唬您时您所感到的还要厉害……现在，我感到某种慌乱，简直是一场梦。不，就是做梦我也不敢设想，什么时候能和一位女性谈话。”

“怎么？真——的——吗？”

“确实如此！假如我的胳臂在颤抖，那不过是由于它从来没有让您这样可爱的小手挽起过。我对女性是完全生疏的，其实从来也没有习惯过和女性在一起，原本我就是孤身一人……我甚至不晓得怎样和她们谈话。就以现在为例，我不知道是不是已经对您说过什么蠢话？您坦白地告诉我吧！不妨预先提醒您，我不是气量小的人……”

“不，没有什么，没有关系，正好相反。您如果真要求我坦白地讲，我可以告诉您，女性恰好喜欢男性这种羞怯。您要想知道得更多的话，我可以讲，我也很喜欢这种羞怯，而且我不会再赶开您了，您可以一直把我送到家门口。”

“您这样看待我，”我刚一开口就兴奋得简直透不过气来，“您立刻使我不再感到胆怯了，而且，那么……再用不到我那套手段了！”

“手段？什么手段？干什么用的？这真是太不好了！”

“真抱歉！请原谅！我一时脱口说错了。不过，您怎么能设想，此时此地会没有愿望……”

“让人家喜欢，对吗？”

“啊，太对了。看在上帝的分上，请您费神，判断一下我是什么样的人吧！要知道，我差不多已经二十六岁了，可是我从来还没有见过什么人。唉，我怎么才能讲得好，讲得乖巧、恰当呢？不过一切都公开坦白出来，可能对您更有益处……当我的心在说话的时候，我没有办法沉默。好吧，反正都一样……您能相信吗，竟然没有哪一个女人和我交往，一向没有，从来没有！没有任何交往！只不过每天都幻想着，早晚有一天会和某一个人相遇。啊，真想让您知道，我用这种手段热恋过多少次……”

“什么手段？热恋谁？”

“喏，不是热恋哪一个人，是热恋心目中的理想女性，是梦境里相会的女人。我在幻想中创造出许许多多的恋爱史。唉，您不理解我！说实在的，其中也难免有真的，我确实碰见过两三个妇女，可都是些什么样的女人啊！全都是神气十足的女房东，所以……我恐怕要惹您笑我了，跟您说吧，有几次我都想就这样子无拘无束地，随便和哪一位贵妇人谈谈话。自然，要等她单独一个人在街上的时候。肯定要讲得谨慎、谦恭、热情，就说我一个人孤单得要死，希望她不要赶开我，讲我缺乏手段探明无论哪一个女性的内心；要使得她尽管严守妇道，也不至于不倾听像我这样不幸的人所表述的卑怯的自白。最后我讲，我所要求的一切只不过是请对方说上两三句亲切而同情的话，不要一下子就赶开我，相信我说的是真话，听完我讲的内容；如果乐意，也可以嘲笑我一阵，给我以希望，随便讲上两三句话，哪怕两三个字也好，然后，即使我和她永远不再相逢也没关系！……噢，您在笑话我了……其实，我讲这些只不过为了……”

“用不着垂头丧气，我笑的是您在自己和自己做对头。如果您过去真的试验一下，您很可能早就成功了，哪怕是在街道上，越随便越好……没有哪一个善良的女子，除非她是个愚蠢的女人，或者由于什么事正在发脾气，她是不会不说上两句您所企求的话，就断然打发您离开的……您看，我想到哪儿去了！当然，她也可能把您当作疯子。我只是按自己的意思判断。关于人们怎么生活，我本人知道的真是太多了！”

“啊，太感激您了！”我叫道，“您不知道，您给了我多大的恩典！”

“好了，好了！那么请告诉我，您根据什么肯定我就是那样的女子，可以和她……嗯，她值得……获得您的关注和友谊……总之，不是您称为女房东那样的人。为什么您敢于走近我呢？”

“根据什么？为什么？您是单独一个人，那位绅士过于无礼。现在是夜晚，您得承认这是一种义务……”

“不，不是，我指的是这件事之前，那个地方，在路的那边的时候，您不是曾经打算走到我面前来吗？”

“那个地方？在路的那边的时候？唔，真的，我不知道怎么回答您，我担心……您知道吗？我今天实在很幸福，我一边走路一边唱歌。我曾到郊外去了，那样幸福的时刻，我从来没有遇到过。您……我当时好像感觉到……唔，请原谅我，如果我提醒您，我仿佛感觉到您正在伤心落泪……而我……我听不得这个……我的心都要碎了……啊，天啊！真的，难道我不配为您担忧吗？莫非对您表示兄妹般的同情就是罪过吗？……对不起，我说了同情……嗯，是的，总而言之，难道我身不由己地走到您面前去，就得罪您了吗？”

“算了吧，够了，不要讲了……”女郎说着，低下头去，紧握着我的手，“是我自己不对，不该提起这个。不过我很高兴，没有看错您这个人……好啦，我就要到家了，要从这里进胡同，只有几步路了……告别了，我很感激您……”

“这么说，当真，当真我们就永远不再会面了吗？难道这一切就这样到此为止了吗？”

“看您，”女郎说着，嘻嘻地笑出声来，“您本来只企望得到两三句话，可是现在……不过，话说回来，我对您先不讲什么定准的话……或者我们还会见面的。”

“明天我肯定到这里来，”我说道，“噢，请原谅，我简直在提要求了……”

“是呀，您太没有耐心了……您差不多是在下命令哩！……”

“听啊，您听我说，”我打断了她的话，“如果我说出什么不中听的话，就请您谅解我。是这么一回事。明天我不可能不到这里来。我是一个幻想者，我的实际生活少得可怜。所以，这样的时刻，甚至于现在的每一分钟，对我来说都是稀罕可贵的。所以，我不能不在幻想中重温这些时刻。我会整夜，整星期，乃至整年地，在幻梦中见到您。明天我定准要来到这里，正是这里，这个地方、这个时间，追忆着头一天的一切，我该多么幸福啊！这个地方对我来说太可爱了。在彼得堡我只有两三个这样的地点，甚至有一次我由于回忆而哭出声来，像您……

怎么晓得，您或许在十分钟前也是由于回忆而落泪哩……噢，请原谅，我又忘乎所以了。您过去可能也有时感到特别幸福吧？……”

“好了，”女郎说道，“我，那么，明天也一定到这里来，还是十点钟吧。我看得出，我已经不能再拒绝您了……事情是这样的，我需要到这里来。不过，您不要认为我是在和您订约会。我预先告诉您，我需要到这里来是为了自己。嗯……这……干脆我向您直说了吧，即使您来也不要紧，第一，有可能再发生今天这类不愉快的事，这且不谈……简单说吧，我不过想和您会会面……跟您讲几句话。只是，您看，请原谅好吗？您不要认为我这么轻易就订约会……我本来不想约定，如果不是……唔，还是让我暂时保守秘密吧！不过要先讲好条件……”

“条件！说吧，讲吧，一切都预先提出来吧，我什么都同意，准备接受一切。”我狂喜地叫道，“我为自己担保，一定听话、顺从……您是了解我的……”

“正是因为我了解您，所以才邀请您明天来，”女郎笑着说，“我完全了解您。不过请注意，到这里来是有条件的。第一点（只是请您务必执行我所提出的请求，您看我讲得多坦率），就是：您千万不要钟情于我，陷入情网……这是绝对不可以的，请您相信这一点。我答应的是友谊，看，这就是我的手……但是，不准爱上我，我请求您！”

“我向您发誓！”我紧握住她的手喊道。

“算了吧，用不着发誓，我是了解您的，您像火药似的容易冲动，您不要责怪我这样讲。您要知道就好了……我身边也是一个人也没有，没有可以说话的人，没有一个可以商量的人。当然不可能在街上去找能出主意的人，不过您是个例外。我对您了解得这样深，仿佛我们已经是二十年的老朋友了……是真的吧？您不会背信弃义吗？”

“您会看到的……只有一件，我真不晓得这一昼夜我怎么过！”

“睡得越甜越好，晚安！同时要记住：我已经完全信赖您了。刚才您高声讲出来的那些话真是太好了！难道能够意识到包括兄妹的同情感在内的每一种感情吗？您知道吗，话说得那么可心，我脑子里一下子就闪现出对您可以信赖的念头……”

“看在上帝的分上，是怎么回事？什么事？”

“等到明天吧，暂时把它当作秘密好了。这样对您更好一些，尽管从远处看仿佛是言情小说似的。说不定我明天就告诉您，也可能不讲……我打算还要和您多谈谈话，我们彼此会了解得更深些……”

“噢，明天我就向您述说我的一切！不过，这是怎么回事呢？仿佛我遇到了奇迹……天啊！我这是在什么地方呢？您说说看，您一开始没有像其他女性那样，您没有生我的气，您没有把我赶开。您没有为这事不高兴嘛。仅仅两三分钟您就使我变成了永远幸福的人。是的，幸福的人！谁知道呢，说不定您已经使得我和我自己和解了，解除了我重重的疑虑……或许我也能遇到这样的时刻……好了，就在明天，我要把一切都讲给您听，您会了解一切，一切的一切！……”

“好的，我一定听，那时您就开始……”

“完全同意!”

“再见吧!”

“明天见!”

于是我们分手了。我徘徊了一个通宵，我无法下决心回到家里去。我是多么幸福啊……噢，明天!

第二个夜晚

“哟，您竟这样认真哪!”她对我说，一边笑着紧握住我的双手。

“我在这儿已经两个小时了；您不晓得这一整天我是怎么过的。”

“知道，我知道……好了，讲正经事吧。您知道我为什么来的吗？不是为了扯闲话，像昨天那样。是这么回事：往后我们应当更理智些。关于这一切，昨天夜里我考虑了很久。”

“哪方面，哪方面应当更理智些？就我来说，已经有所准备；不过，说老实话，我一生中从来没有出现过比现在更理智的情况了。”

“是真的吗？第一点，请求您不要把我的手攥得这么紧；第二点，我向您宣布：关于您，我今天用了很长时间仔细地思考过。”

“唔，结果怎么样？”

“结果吗？结果就是：一切都得重新开始。因为我今天最后得出了结论，对我来说您还是一位全然陌生的人。昨天我的举动像个小孩子，小女孩儿。当然，出现这样的情况，都怨我的心肠好，也就是说，每当我开始分析自己行为的时候，结果总是自己夸赞自己。为了纠正错误，我决定最仔细地了解您的一切。由于我无从在别人那里详细打听您的情况，您就应该自己当面对我讲清楚一切，所有的底细。喏，您是怎么样的一个人呢？快点吧，——您开始吧，讲讲您的历史。”

“历史！”我喊道，吓了一跳，“历史！是谁告诉您说我有我的历史？我没有什么历史！……”

“那么，您过去是怎样生活的呢？如果没有历史的话。”她笑嘻嘻地打断了我的话。

“真的什么样的历史也没有！就是这样生活，像我们通常所谓的‘孑然一身’，也就是单独一个人，——一个人，完全一个人，——您明白一个人是怎么回事吧？”

“怎么会一个人呢？那么说，您无论什么时候，无论是谁都没见过吗？”

“噢，不是，见倒是见过，——可是总归还是一个人。”

“怎么？您难道没有和谁讲过话？”

“严格说来，没有和谁讲过。”

“那么，您到底是怎样一个人呢，快讲给我听听！等一下，我猜想您或许和我一样，也有那样一个外婆。她眼睛早就瞎了，所以一辈子哪儿也不放我去，由于这样我差不多忘记应当怎样讲话了。两年前有一次我淘气，她觉得我不好管束，就喊我走到她面前去，她一下子就用别针把我的连衣裙和她的别在一起了。就这样，从那以后，我们整天整月地坐在一起。她虽说眼睛瞎，可是还能织袜子。我只好坐在她身边，或者做些针线活，或者大声读书给她听，——真是古怪的习性。我跟她用别针连在一起已经两年多了……”

“啊，天啊，多么不幸！噢，不，我没有这样的外婆！”

“如果没有的话，您怎么能在家里待着呢？……”

“您听我说，您愿意知道我是怎么样的一个人吗？”

“嗯，是的，当然！”

“按严格的意义来说？”

“按最严格的意义来说。”

“请允许我告诉您，我，——是一个典型。”

“典型？典型?! 什么样的典型？”女郎叫起来，哈哈大笑，好像整整一年都没找到机会笑似的。“真的，和您在一起真是太叫人高兴了！看，这里有张板凳，我们坐下吧！谁也不路过这里，没有人听得见我们说话。那么，开始讲您的历史吧。您用不着说服我，您确实有历史，只不过隐瞒着罢了。第一点，您说典型是怎么回事？”

“典型？典型就是指一种古怪的人，是这样一种可笑的人，”随着她那天真的笑声，我自己也忍不住捧腹大笑起来，“指的是这样一种性格、气质。听我说，您晓得幻想者是什么意思吗？”

“幻想者！对不起，怎么会不晓得呢？我本人就是个幻想者！有时候，我勉强在外婆身边坐着，各种念头都涌进脑海里，——喏，就这样开始幻想起来，想呀想得入了迷。譬如，我甚至好像就要嫁给中国的一位太子了……要知道，幻想——有的时候真开心！不，其实只有上帝才晓得！特别是有所想或无所想的时候。”女郎这一次颇为严肃地补充着。

“妙极啦！您既然有一次几乎和中国太子结婚，这样说来，您就完全可以理解我！听我说……唔，请原谅，我还没有请教过您的芳名？”

“真不容易！亏您这么早就想起来了！”

“啊，我的天啊！我确实连想都没有想，就是这样，我已经很愉快了……”

“我的名字叫娜丝金卡。”

“娜丝金卡！仅是这一个？”[1]

“仅是这一个！怎么，您还嫌少吗？哟，您真是贪心不足的人啊！”

“嫌少？不，不，相反，已经够多了！娜丝金卡，您这位女郎实在是菩萨心肠，一开始您就让我称您娜丝金卡！”

“您看您！别说了！”

“那么好吧，娜丝金卡，您就听听我这可笑的历史吧。”

于是我在她身边坐好，取一种正襟危坐的姿势，一字一板、照本宣科似的讲起来：

“在彼得堡，娜丝金卡，您可能不知道，有一些颇为稀奇的角落。光顾这些角落的太阳，好像不是这个照耀着所有彼得堡人的太阳，而是另外一个新的、仿佛专门为这些角落定做的太阳，而且照射这些角落的光芒，也是另一种特殊的光芒。在那些角落里，娜丝金卡，过的似乎也是另外一种生活，和我们周围这种熙熙攘攘的生活大不相同，那样的生活或许只有在万里迢迢、无人知晓的国度里才能存在，反正不是在我们这儿，处于这种严重而又严重的时期所能产生

1 俄国人的姓名分三部分：名字·父称·姓氏。初见面或相交不深以及表示尊敬，都要称呼前两部分，只有很熟的人或亲属才直呼名字而节略后两部分。这里女郎只说名字而没讲出父称和姓，所以对方有此一问。

的。那种生活可说是某种混合物，其中既有纯属幻想，炽烈理想化的东西，可是，——唉，娜丝金卡！——也有某种灰蒙蒙半透明的，不称其为卑鄙透顶也可说是相当平庸的东西。”

“哎哟，我的上帝啊！多么动听的开篇啊！我将要听到的会是些什么呢？”

“您会听到的，娜丝金卡，——总称您为娜丝金卡，我也不会感到疲倦的，——告诉您，就在那些角落里，生活着某些古怪的人——幻想者。如果必须下个详尽的定义，可以说幻想者——不是人，知道吧，不是人而是某种中间性的生物。他多半定居在某个难以接近的角落里，仿佛藏身其中，甚至躲避着阳光。只要一钻回去，就根生在自己的角落里，像一只蜗牛，起码也相当近似被叫作乌龟的那种人走家搬的饶有趣味的动物。您做何感想？他为什么那么喜爱自己那专门涂成绿色的四壁，而且是烟熏火燎、阴郁不堪、散发着难耐的烟草气味的四壁？为什么这位可笑的先生，当他那为数极少的几个熟人（结果他几乎没有什么固定的熟人）有谁来访问他的时候，这位可笑的先生在接待对方的过程中那样不好意思、神色大变、惶惑不安呢？真好像他刚刚在斗室中干过什么犯罪勾当，似乎制造了伪钞或者是写下了打油诗准备往杂志投稿，并且附了一封匿名信，在信中写道：尽管本诗作者已经弃世，然而其友人认为将其大作公之于众实乃友人之神圣职责云云。您讲，娜丝金卡，这两位交谈者为什么谈得那样不起劲呢？为什么这一位平素爱说爱笑、喜欢议论女性和其他一些令人兴奋的话题的熟人，突然进来之后竟会神情沮丧，吐露不出一点笑声，说不出一句乖巧的话呢？最后，为什么这位大约不久前才结识的友人第一次造访他就发窘得决不会再次登门呢？当他第一次造访时，他从主人仰起的面孔上观察出，主人本来也曾想使谈话连贯流畅并且能谈得妙趣横生，显示其精通上流社会的掌故，也来议论一番女性，或者至少以自己如此谦恭的仪表博得这位由于择路不当而误来做客的可怜虫的欢心，但是主人的面部表情证明，虽然他极尽努力也毫无效果，因而完全陷入惊慌失措、一筹莫展的境况。为什么这时连来客本人也感到不好意思，窘得发僵，即使才思敏捷（如果他真具有这种能力）也无济于事呢？为什么到后来，客人好像突然想起某件最重要的事情，——其实根本没有那么回事，——猛地抓起便帽，匆匆告退，好歹从主人那竭力表示内疚和挽留的热烈的把握中抽回了自己的手？为什么这位离去的朋友走出房门后会捧腹大笑，同时对自己发誓，无论什么时候也不再来拜访这个怪人了呢？但是，实际上这个怪人反倒是个非常好的青年，只不过他无论如何不能制止自己的想象力有点出格的表现：把刚刚与之谈话的人在整个会见时的面部表情比拟为一只可怜的小猫的嘴脸（当然与事实相去甚远）。那小猫受骗上当，做了孩子们的俘虏。他们揉搓它、吓唬它、千方百计折磨它，弄得它满脸满身尽是尘土、狼狈不堪。小猫拼命挣扎才摆脱孩子们的纠缠，钻进椅子底下的暗处。它整小时地待在那里，竖起毛，打着喷嚏，用两只小爪子洗着受过侮弄的嘴脸，而且以后长时间满怀敌意地望着周围的一切，连热心肠的女管家从老爷餐桌上拿来喂它的吃食也不例外，这又是因为什么呢？”

“您听我说，”娜丝金卡打断了我的话，她这段时间一直瞠目结舌、惊奇不已地听我讲着，“我一点也不明白为什么会发生这样的事，向我提出这样一些荒唐问题的为什么竟是您？我隐约感到的只是，所有这些离奇事肯定和您有密切关系，而且真实可信。”

“毫无疑问！”我回答着，神色十分严肃。

“喏，既然毫无疑问，那么就继续讲吧！”娜丝金卡说道，“因为我非常想知道这一切的结果如何。”

“娜丝金卡，您想知道我们的主人公在自己的角落里都做些什么，其实不如说是我还好些，因为整个事件的主人公就是我，鄙人。您想了解，为什么我由于朋友的突然来访而一整天惶惑不安和惊慌失措吗？您想知道，当别人推开我的房门时，我为什么一下子跳起来并且面红耳赤吗？为什么我不会接待客人，却又受到自身殷勤好客的压力而羞愧得要死呢？”

“嗯，是的，当然!”娜丝金卡答道，“这是最重要的。唔，您讲得非常好听。不过，可不可以讲得不一定这样好听呢？要不然，您这样讲，真像读一本书似的。”

“娜丝金卡!”我用尊贵而严肃的口气回答着，勉强忍住微笑，“亲爱的娜丝金卡，我知道我讲得确实好听，不过，对不起，我没学会别的讲法。现在，亲爱的娜丝金卡，现在我就像是所罗门[1]皇帝的灵魂，在七层封条的坛子里关闭了整整一千年，最后那七层封条才全都揭掉了。现在，亲爱的娜丝金卡，我们经过这样长期的离别，终于重新聚首了，——因为我很久以前就认识您了，娜丝金卡，因为我很久以前就开始寻觅一个人，那正是我寻觅您的征兆。因此，眼前的相聚早已由命运所注定，——现在我脑海的几千重闸门都启开了，我只好口若悬河、滔滔不绝地讲下去，不然我会憋死的！所以，请求您不要打断我，娜丝金卡，只管听，洗耳恭听，要不然，我就闭嘴不讲了。”

“啊不！不！千万不要那样！您讲吧，我从现在起，一个字也不说了。”

“我接着说。娜丝金卡，我的朋友，一天之中，有一段时间是我特别喜爱的。当人们结束了差不多所有的事项、公务，尽到了职责之后，全都行色匆匆地赶回家去，准备吃饭、躺一躺、休息一会儿的时候，在这儿，就在路上盘算着另一些关于黄昏、夜晚以及空闲时间叫人开心的题目。这时我们的主人公，——娜丝金卡，还是请允许我用第三人称讲吧，用第一人称讲这些，实在难为情得很。这时，我们的主人公也并非无所事事，他随着人流缓缓地走着。在他那苍白而略带倦意的脸上，流露出一种不寻常的满意神情。他颇怀好感地望着彼得堡冷漠天空中渐渐褪色的晚霞。我说他‘望着’，其实是近似撒谎，他不是望着，而是有点漫不经心地扫视着，仿佛由于疲乏或者牵挂着某件其他更加有趣的事物。所以，除非偶尔不知不觉的一瞥，他决不会为周围的一切去花费时间的。他

1　所罗门，指公元前约960—935年以色列和犹太联合王国的皇帝。不少传说讲他聪明得神乎其神，并把许多圣经文学作品说成是他作的。

很满意，因为在明天之前，那些使他烦恼的公事[1]再不会纠缠他了；他也感到高兴，像一个急于玩耍和嬉戏的小学生终于被放出了学校似的。如果从侧面望着他，娜丝金卡，您就会发现：愉快的心情已经对他那衰弱的神经和激动得带着病态的面容产生了令人满意的作用。现在他正在沉思着某件事……

“您认为他在考虑进餐吗？或是想着有关今晚黄昏的事？他出神地看着什么呢？是望着那位衣冠楚楚、正向坐着健马华车驶过此地的太太躬身致敬的先生吗？不是，娜丝金卡，娜丝金卡，他现在怎么有心情顾到这些琐碎事呢！他正全神贯注于自己本身的生活[2]；他一下子突然变成了富翁，落日余晖最后的一线光芒在他面前欢快地闪烁并不是徒然的，在他那感到温暖的心里唤起了一连串的感想。现在他几乎辨认不出他所走的路，正是每一件微不足道的小事都会刺伤他心的那条街道。现在，‘幻想女神’（如果您读过茹科夫斯基的作品，亲爱的娜丝金卡），早已用奇妙的手纺好金线，正在他面前织出美丽非凡、虚幻迷人的生活图案，——谁知道呢？或许幻想女神已经用那奇妙的手把他从正在漫步的花岗石铺的人行道上轻轻托起，送进了九重天晶莹灿烂的仙宫。您试着止住他，突然问问他这时间站在什么地方？走的是什么街道？他很可能连走到哪里、站在何处都想不起来哩，他一定会满脸通红地为了体面关系说点谎话。看，当一位颇为可敬的老婆婆客气地拦住他，向他详细打听已经走错的街道时，他为什么会吓得发抖，几乎叫喊起来，惊恐地朝四下张望呢？他烦恼得皱起眉头，大步大步地往前走，根本没注意到，不止一个行人在含笑地望着他并注视着他的背影，还有一个小女孩瞪大眼睛注视着他脸上漫不经心的笑容和挥舞的手势，惊慌地给他让开路并且哈哈大笑起来。

“这时依然是那同一个幻想女神在淘气地飞翔着，顺手托起了老婆婆、好奇

1　原文为斜体字。
2　原文为斜体字。

的过路人、笑嘻嘻的女孩子以及在泊满凤丹卡河的货船上吃晚饭的农民们（假设我们的主人公这时正沿河走着），她调皮地把所有的人和物都绣到自己织锦架的底布上，好像把一颗颗苍蝇粘在蜘蛛网上似的。于是怪人头脑里充满着新奇的思绪，回到了他那小小的安乐窝，坐下来吃饭。直到吃过饭很久之后，当服侍他起居的那位沉思而忧郁的玛特辽娜已经收拾走杯盘碗盏并且把烟斗递在他手里的时候，他才清醒过来，十分惊奇地回想到自己已经吃过了饭，因为他根本就遗忘了吃饭的过程。

“屋里已经暗下来，他心里感到空虚、悲哀，整个幻想的天国已然在他的周围崩溃了，而且崩溃得踪迹渺然，无声无息，如同过眼云烟的梦境，并且就连他自己也回想不起究竟梦见过什么。然而一种模糊的感觉却使他的心胸隐隐作痛、激动不已，某种新的愿望迷人地挑逗着、刺激着他的幻想，不知不觉地招惹起许多新奇的幻影。斗室中充满了寂静。孤独和懒散培植着虚幻的想象。年老的玛特辽娜在隔壁厨房里轻手轻脚地忙着煮自己的咖啡，幻想者的想象力好似她咖啡壶里的水悄悄地翻转着，升起一串串水泡，慢慢地沸腾了。看啊，它像沸水的蒸汽一股股地往外冲，弥漫开来；看啊，幻想者无所谓地随便拿起的那本书，没读到第三页就跌落了。他虚幻的想象重新被触动得炽烈起来。突然在他眼前闪现出另一个崭新的世界，一种富于诱惑力的新生活展示出灿烂的前景。新的幻梦——新的幸福，新的一服调制精良的令人神荡魂迷的毒剂！

“噢，他怎么能看得上我们的现实生活呢！按他那被诱惑的眼光看来，我和您，娜丝金卡，生活得那样懒散、速度缓慢、神情不振，依他的看法，我们两人都非常不满意我们的命运，简直在受生活的折磨！确实也是真的，您看，实际上我们之间的一切骤然看去确实是冰冷冷，沉闷闷，气冲冲的……我们的幻想者想道：‘可怜的人啊！’他这样想一点也不奇怪！试看这些仙魔般的幻影是多么迷人，多么活泼，多么自由自在而又疏朗和谐地配置在他面前那幅神奇而生机勃勃的画面上啊！那个处于前景的头号人物当然是他本人、我们的幻想者尊贵的自身。

“让我们看一看都有哪些奇遇，哪些层出不穷的、令人兴奋喜悦的幻想吧。您可能要问，他幻想些什么呢？其实，提问是多余的！他的幻想可说是包罗万象……幻想着一位最初默默无闻、后来声名显赫的诗人的作用；幻想着与霍夫曼[1]的友谊；还有巴托罗缪之夜[2]；吉安娜·维尔侬[3]；伊凡·瓦西列维奇攻占喀山汗国的英雄业绩[4]；珂拉拉·莫勃莱，艾菲·茵[5]；主教会议和面对主教们的胡斯[6]；歌剧《恶魔罗勃特》[7] 里死人的起义（您还记得那乐曲吗？散发着某种类似坟墓的气味！）；还有敏娜[8]；布莲达[9]；别列津纳河战役[10]；在沃一达伯爵夫人家举行的诗会[11]；还有丹东[12]；埃及女皇克列奥佩特[13]的情夫[14]；幻想到柯罗姆纳的小屋[15]以及自己的安乐窝，再加上一位可爱的造物相伴，共度漫长的冬日黄昏；她微启朱唇，张着双眸，静静地听他讲话，就像现在您这样听我讲一样，我的小天使……

“啊，不，娜丝金卡，对他来说，对他这个心荡神迷、魂不守舍的懒汉来

---

1 霍夫曼（1776—1822），德国小说家和作曲家，其作品中颇多神秘主义色彩。

2 巴托罗缪之夜，指 1572 年 8 月 24 日（该日为巴托罗缪节日）前夕，巴黎天主教徒对胡格诺教徒的大屠杀。

3 吉安娜·维尔侬，英国著名小说家司各特长篇小说《罗伯·罗伊》中的女主角。

4 这里指的是 1533—1584 年莫斯科和全俄罗斯大公伊凡四世（即伊凡雷帝）于 1552 年征服喀山汗国的史实。

5 珂拉拉·莫勃莱，艾菲·茵，为司各特小说中的人物。前者为一妇女，见《圣罗曼喷泉》；后者为一女郎，见《米德洛西恩监狱》。

6 扬·胡斯（1369—1415），捷克伟大的爱国者和宗教改革家。教皇及德意志天主教会视之为仇敌。西祺门大帝用阴谋手段诱骗胡斯参加君士坦丁堡的主教会议，将其逮捕并处以火刑。胡斯之死激起了捷克人民的义愤，加速了胡斯战争的爆发。

7 《恶魔罗勃特》，法国作曲家梅耶贝尔（1791—1864）的著名歌剧。

8 敏娜，德国作家歌德同名叙事诗中的女主人公。这首诗在俄国流行一时。译者为俄国著名浪漫主义诗人茹科夫斯基。

9 布莲达，俄国浪漫主义诗人伊·伊·科兹洛夫同名叙事诗中的人物。

10 别列津纳河在俄国白俄罗斯境内，为第聂伯河右支流。1812 年 11 月在这里发生大战，由莫斯科退却的拿破仑一世的军队全部被歼。

11 指当时在伯爵夫人阿·基·沃仑卡娃一达施科娃（1818—1856）家中经常举行的诗文朗诵会。

12 丹东（1759—1794），18 世纪法国资产阶级革命时期的著名活动家。

13 克列奥佩特（公元前 69—公元前 30），为希腊文化末期埃及最后一个女王，一生中有许多风流韵事。

14 原文为法语。

15 柯罗姆纳的小屋，俄国伟大诗人普希金的一首诗名。

说，我和您向往的生活，他根本不屑一顾。他认为这是一种贫乏得可怜的生活，连想也没想到将来他可能也会有朝一日发起愁来，到那时他为换取哪怕一天这种可怜的生活，将不得不奉献自己所有的幻想岁月，而且并不是为着欢乐，为着幸福，那时将无心再去考虑什么悲愁、悔恨和难以遏止的苦恼了。然而目前那严峻的时刻还没有来临，他暂时一无所求，因为此时他超乎所有的欲望，兼备一切，十分满足；由于他本身就是自己生活的雕塑家，每时每刻都在随意按照新的决断创造着生活。是啊，多么轻巧、多么自然就创造出一个神话般的幻想世界！仿佛这一切简直就不是幻影！实际上，有的时候他宁愿相信整个这种生活并不是心情兴奋的结果，不是海市蜃楼，不是幻想的错觉，而认定这一切就是现实中真正存在的！

“您说，娜丝金卡，为什么在这样的时刻，他会屏住呼吸？为什么他的脉搏会由于某种魔力，受某种不可知的意志所驱使，跳动得越来越快？为什么幻想者的热泪会夺眶而出？他那苍白而湿润的面颊为什么绯红似火？为什么他整个身心充满了无以名状的欢乐？为什么一个个不眠之夜在无穷的欢乐和幸福中转瞬之间就消逝了？当朝霞在窗口闪烁着玫瑰色的光芒，晨曦辉映出游移不定、梦幻似的微光，照进这个昏暗的房间时，我们的幻想者为什么和我们彼得堡的老爷们一样，已经精力耗尽，疲惫不堪，扑倒在床上就进入梦乡，而且那病态的紧张的灵魂由于狂喜而颤抖着，心中怀着令人陶醉的甜丝丝的隐痛？

“啊，娜丝金卡，如果一个人陷入错觉，即使袖手旁观，也会心不由己地深信，真正发自内心的激情可以感动他的心灵，不再怀疑他那虚无缥缈的幻想中是否真存在着感触得到的活生生的东西！究竟是怎样的错觉呢？譬如说，爱情袭入了他的心田，带给他各种无穷无尽的欢乐的同时，也带给他各种各样难耐的辛酸……您仔细看看他就会深信不疑！望着他的时候，亲爱的娜丝金卡，难道会相信他真的从来不认识自己在如痴的幻想中热爱着的女子吗？难道他只是把她视为诱惑性的幻影，只是在梦境中才能感觉到那种激情吗？莫非他们两个真的没有手挽手地度过一生中那么多岁月？形影相随，心心相印，抛弃周围的一切，将各自的小天地和彼此的生活紧紧地联结在一起的，难道不是他们吗？在临别的那个深夜，俯在他胸前泣不成声，悲痛万分，不顾阴森恐怖的夜空猛烈袭来的暴风雨，任凭狂风卷去黑睫毛上的泪珠的，不正是她吗？莫非这一切都是幻想？还有那无人修整的、荒芜凄凉的花园，小路上长满青苔，孤寂而沉闷；就在那里他们经常结伴散步，怀着隐秘的希望，共叙愁思情愫，相亲相爱，称得起‘天长地久，情深似海’！那儿有一所祖辈留下的、式样奇特的房屋。她多少年来就孤独而忧伤地住在那里，陪侍着年近古稀、暮气沉沉的老丈夫。那人沉默寡言，性格暴躁，使得像孩子一样胆怯的他们心惊肉跳，满怀凄凉和恐惧地荫蔽着彼此之间的爱情。这一切难道不是真的吗？他俩苦苦相恋，担惊受怕；人们是多么凶狠啊（我不说您也明白，娜丝金卡）！然而他们的爱情却是那样的天真，那样的纯洁啊！我的天哪，难道不是他后来又遇到了她吗？在远离故乡海岩的异国，在南方酷热的晴空下，在一个永远神奇的城市里，有所灯火辉煌的宫廷（肯定是宫廷），在它的露台上，四周布满了香桃木花和玫瑰花，映照着化装舞会的华光，传来阵阵的鼓乐声。那认出了他，立刻匆忙地掀起面罩低声说道：‘我已经自由啊！’说罢颤抖着投入他怀抱的不就是她吗？他们狂喜得大叫一声，彼此紧紧地拥抱在一起，立刻忘记了一切相思苦、离别恨和忍受过的种种折磨，忘记了那座阴森森的房子和那个老头子，忘记了遥远的故乡那昏暗的花园和那张长凳，在那儿她带着他最后一次的热吻，挣脱了他紧紧拥抱着的，由于绝望、痛苦而冰冷麻木的臂膀……如果这时候有一位不速之客——一位身材瘦高、健康活泼、爱说爱笑的青年推开房门，毫不在意地大叫一声：‘喂，老兄，我刚从巴甫洛夫斯克来！’噢，您肯定会承认，无论谁都要吓得跳起来，仿佛一个刚从邻家果园偷了一只苹果塞进衣袋的小学生，难为情得满面通红……我的天哪！老伯爵已经寿终正寝，说不尽的幸福就在眼前！可是突然间，——却是有人从巴甫洛夫斯克来！”

结束了那感人至深的倾诉，我颇为动情地沉默下来。记得当时我几乎控制不住自己，想无论如何拼命大笑一场，因为我感觉到有一个小小的、满含敌意的恶魔开始在我的心田蠕动起来，喉咙被什么东西梗塞住，下颏开始抽动，眼睛越来越湿润了……我等待着那个大张着明媚的双眸，静心听我讲述的娜丝金卡会迸发出一阵天真的笑声，笑得前俯后仰，洋溢着难以遏制的欢乐。我很懊悔自己扯得太远，不该讲那些在我心中沸腾已久因而可以照本宣科讲出来的东西，何况我也早已对自己做出过否定的判决，可是现在我却按捺不住自己而脱口宣讲出来。应当承认，我并不期望旁人能理解我。然而，使我奇怪的是，她一直沉默着，过了一会儿，轻轻地握了握我的手，怀着胆怯的同情，问道：

“莫非您整个生活就是这样过的吗？”

“整个生活，娜丝金卡，”我答道，“而且整个生活大概就得这样结束！”

“不，这样是不行的，”她说着，十分不安，“不会这样的。照您这样说，看来，连我也要在外婆身边过一辈子了。您听我说，这样生活实在是很不好的，您不晓得吗？”

“晓得，娜丝金卡，晓得！”我大声说着，按捺不住自己的感情，“我现在比以往任何时候都更清楚地意识到，我白白地浪费了自己所有最美好的岁月！目前我认识了这一点，同时正由于觉悟到这一点，感到格外痛苦。所以上帝亲自把您，我可爱的天使，派来告诉我这一点并且证明给我看。不过，正因为这样，我坐在您身边，和您谈话，却很怕想到将来，因为将来等待我的仍旧是孤独，依然是那种毫无生气、沉闷无用的生活。既然我实实在在地在您身边坐着，感到这样的幸福是真实可信的，那么我将来还能幻想什么呢？噢，真要替您祝福，为的是您起初没有不理睬我，为的是我已经能够说，我这一生中起码也度过了两个夜晚真正的生活！”

“啊，不，不对！”娜丝金卡喊着，眼里的泪水闪闪发光，“不对，永远也不会那样！我们不会就这样分手的！两个夜晚算什么！”

“噢，娜丝金卡，娜丝金卡！您知道您怎样使我自己和自己永远不再做对头的吗？您知道我现在已经不像过去那样地把自己想得很坏了吗？您大概还不知道，我很可能不再为自己过去生活中的罪过苦恼了，因为那种生活本身简直就是罪过。您不要认为我对您夸张过什么，看在上帝的分上，不要那样想，娜丝金卡，因为有的时候我会感到那么苦闷，那么苦闷……因为那时候我开始觉得我无论什么时候也不善于过真正的生活，因为我已经感到自己丧失了真正生活的任何节奏、任何感觉，最后我甚至诅咒自己，因为数不尽的幻想之夜过后，清醒的时刻总要到来，而这种时刻显得更加可怕！同时会听到周围的人群正在生活的旋风里喧嚣、旋转，听得到、看得见人们怎样生活——实实在在地生活；对他们来说，生活并不是一成不变的，他们的生活不会像幻梦和幽灵那样烟消云散，他们的生活永远不断更新着，永远富于青春活力，每一小时都与过去的一小时大不一样。这时候，对比之下，那易于受到惊吓的幻想该显得多么凄凉沉闷，甚至平凡单调到可耻的程度。那是阴影的奴隶，思想的奴隶，第一朵乌云的奴隶；乌云会突然地遮蔽住阳光，并且用忧伤压迫那十分珍惜阳光的、真正的彼得堡的心灵，而在忧伤中又将会产生多么绮丽的幻想啊！可以感觉到，幻想终归也要疲倦的，永不衰竭[1]的幻想在无止无休的紧张中也会衰竭的，因为人在不断地成长，逐渐摆脱着自己往日的理想；那些理想就自然崩溃为飞灰和碎片了。如果没有另一种生活，也只好再用这些碎片建立它，然而心灵却在要求着、向往着某种另外的东西！幻想者徒然地在旧日的幻梦中挖掘着，竭力在灰烬中搜寻出死灰里残留下的火星，吹旺它，并用重新燃起的火焰温暖那颗冷却的心灵，复活那在往日感到十分可爱、格外销魂的一切，使人热血沸腾，悄然泪下，产生更加绮丽的错觉！

“娜丝金卡，您知道我已经达到了什么地步吗？您可能不晓得，我已经不由

1 原文为斜体字。

自主地为我那些幻觉举办周年纪念日了，纪念往日那些如此可爱动人但事实上根本没有发生过的一切。这种周年纪念日的举动全是按照那些愚蠢而又毫无结果的幻想来进行的；这样纪念是因为连那些愚蠢的幻想也已经不复存在，因为再没有什么东西可以用来维持其继续存在了。啊，幻想也会消亡的！

“您知道吗？我目前最爱回忆和在一定时间去访问那些我曾经按自己的方式感到幸福的地方，最喜欢依照往日那种不可追悔的节拍来建造自己的现在。我常常像影子一样，毫无目的地在彼得堡各个角落和街道徘徊，心境凄凉而悲伤。这都是些什么样的回忆啊！我回忆得起，譬如说，就在这里，整整一年之前，正巧也是这个时候，这个钟点，我正沿着这条人行道徘徊，同样的孤独凄凉，就像现在一样！甚至还记得，当时连幻想本身也是十分伤感的，尽管以前也好不了多少，但毕竟生活还较为轻松、宁静，没有目前这些萦绕心头的阴暗思绪，不受良心的责难，而且没有现在这种使我日夜不得安宁的阴森恐怖的责难。我有时不禁自问：‘你的幻想在哪里呢？’自己摆摆头说道：‘岁月过得好快啊！’又反问自己：‘这么多年，您都做了些什么呢？您把自己最美好的时光，都埋葬在哪儿呢？你是不是生活过呢？’‘谨慎啊，’于是自言自语地说，‘留心呀，人世变得多么冷酷啊！再过些年之后，苦闷的孤独就要来到，拄着拐杖、浑身颤抖的老年就会跟着来了，这之后就是悲伤和凄凉！你那幻想世界日益显得灰白暗淡，你那些幻想迟早也要破灭消散，正像从枝头飘落的黄叶一样啊！’……噢，娜丝金卡！那日子真够悲伤啊，如果只落得孑然一身，形影相吊的话。因为那时甚至连值得惋惜的东西都没有了——什么也没有，一点也没有！……因为所有丧失掉的一切，所有这一切都不过是子虚乌有，等于一个蠢不可及的零，只是幻想而已！”

“啊，不要再向我诉苦了！”娜丝金卡说着，抹掉从她眼里淌出的泪水，“现在一切都算过去了！现在有我们两个人在一起。现在不管我发生什么意外，我们永远不再分离了。您听我说，我是个平凡的姑娘，尽管外婆也给我请过家庭教师，可是，我读的书毕竟很少。不过，说实话，我还是能够理解您的。您向我复述的那一切，自从外婆把我用别针和她别在一起之后，我已经亲身体验过了。当然，我不可能像您一样讲得那么动人，我没上过学。”她胆怯地补充着，因为对我那动人的演说和那种文雅的格调她依然感到崇敬。“但是我非常高兴，因为您彻底向我公开了一切。现在我了解您，完全彻底地了解了。您知道吗？我也想对您讲一讲我自己的历史，一点也不隐瞒；不过您听完以后，一定要帮我想办法。您是个非常聪明的人。您能不能保证，您一定对我提出忠告呢？”

“啊，娜丝金卡，”我答道，“我虽然从来就不是一个顾问，特别不是一个明智的顾问，不过现在我看得出，如果我们能永远这样生活，那可真算是相当明智了，每天各自给对方提出许多聪明的忠告！啊，我的美丽的娜丝金卡，您想得到的是哪方面的忠告呢？您坦白地告诉我吧，我现在是既欢乐又幸福，有勇有谋，可以对答如流。”

“不，不是的，”娜丝金卡打断我的话，笑起来，“我需要的忠告不仅是聪明的，而且是一项发自内心的、兄妹式的忠告，要像您从童年时代就爱我一样！”

“可以，娜丝金卡，太好啦！”我狂喜得叫起来，“即使我爱过您二十年，仍然没有像现在爱您这样爱得强烈！”

“把您的手给我！”娜丝金卡说。

“好，给您！”我回答着，把手伸给她。

“这样，我开始讲自己的历史吧！”

娜丝金卡的历史

“前一半历史您已经了解了，就是说，您已经知道，我有一个年老的外婆……”

“如果另一半历史也像前一半那样简短……”我打断她的话，开始笑起来。

“不要讲话，好好地听着。首先有一个条件：您不要打断我的话，要不我很可能会讲得颠三倒四的！喏，老老实实地听我讲！”

“我有一个上了年纪的外婆。她开始抚养我的时候，我还是个小女孩子，因为我的父母已经不在世了。应当认为外婆以前是比较有钱的，因为她直到现在还常回忆起那些美好的日子。她教我学会了法语，后来又聘请了一位家庭教师，当我十五岁的时候（我现在十七岁），结束了学习。正是这个时候，我淘气了一阵，到底都干了些什么，——我不准备讲给您听，只告诉您那过错不是很大也就够了。不过有一天早晨，外婆把我叫到跟前，告诉我说她眼睛瞎了，不可能管束我，拿起一枚别针，就把我的连衣裙和她的别在一起了。当时还说，如果我不变得好起来，就要在她身边坐一辈子。总而言之，开始一段时间真是寸步难离，不管是干活儿，读书，学习，都得在外婆身边。我试着耍了一次小聪明，说服苇克拉坐在我的位置上。苇克拉是我家的女用人，耳朵是聋的。苇克拉替我坐在那个位子上，这时候外婆在安乐椅里睡着了，我就跑到附近的女朋友家去玩耍。唉，结果非常糟糕：我不在家的时候，外婆睡醒了，问什么事来着，她认为我还乖乖地坐在原来的地方。苇克拉只见她嘴动是在问话，可是却听不见说什么，想啊想，不知怎么办才好，最后打开别针，拔腿就跑了……”

这时娜丝金卡停下来放声大笑，我也跟着她笑起来。但是她马上止住笑声，说道：

“您听我说，请不要笑话我的外婆。我笑是因为觉得事儿有趣……有什么办法呢？外婆实在是这样的，不过我仍然爱她。喏，就这样我算受到了惩罚，她立刻让我重新坐在原来的位子上，从此一点也不让动弹了。

“啊，是的，我还忘记告诉您，我们，实际是外婆，住的是自己的房子。那是一所不太大的、有三个窗子的木板房，跟外婆差不多一样老，上面有一间阁楼，就是这间阁楼住进了一位新房客……”

“那么说，以前还有一位老房客喽？”我顺便插嘴问了一句。

“是的，当然有过，”娜丝金卡答道，“那个人比您还会沉默，说实在的，他那舌头是难得转动的。是一个干瘦老头，嘴哑，眼瞎，腿又跛，最后实在难以生活在世上，他就死了。于是，我们只得再招新房客。因为我们没有新房客是生活不下去的，房租和外婆的养老金几乎就是我们的全部收入。新房客，好像天意安排似的，是个青年。他是暂时客居此地的外乡人。由于他没有讨价还价，外婆就接受了他。后来外婆问我：‘怎么样，娜丝金卡，我们的房客是年纪轻的还是年纪老的呢？’我不愿意撒谎，就说：‘他呀，外婆，不能说是很年轻，可也不是个老头儿。’外婆又问：‘喏，模样长得讨人喜欢吗？’

“我同样不想讲谎话，就说：‘是的，外婆，他模样怪好看的！’可是外婆讲：‘唉，造孽啊，造孽！外孙女儿，我对你讲这个是要提醒你，千万不要多搭理他！这算什么年代呀！哼，芝麻大的一个房客，也配长得好看！跟以往的年代大不相同啊！’

“对外婆来说，一切都是从前的好！——从前她年轻，从前的太阳要暖和得多，从前乳酪不会这么快就变酸——一切都是从前的好！我就这样坐着，沉默着，可是心里却想，外婆到底为什么要提醒我那些话呢？为什么还问房客年轻不年轻，好不好看呢？不过，我只是这样稍微想了一下，接着又开始数针数、织袜子，后来也就忘掉了。

“有一次，房客一清早就到我们那儿去了，打听以前答应给他裱糊房间的事。一句接一句地谈起来，外婆又是多嘴多舌的。一会儿听到外婆说：‘娜丝金卡，去到我卧室里，把算盘拿来。’我立刻跳起来，不知为什么，满脸通红，一下子忘记自己是和外婆用别针连在一起的，本应当避开房客的视线，悄悄摘掉别针，可是我却往前猛地一冲，把外婆的椅子都扯滑动了。我看到房客现在完全了解了我的情况，羞得耳朵都火烧火燎的，像被钉在那里一样动弹不得，我突然痛哭起来，——在那一刻感到太可耻了，非常痛苦，恨不得钻到地缝里去！外婆还在喊：‘你还站在那儿干什么？’我哭得更加厉害了。房客见我羞愧难当是因为有他在场，就鞠了一躬，立刻走开了！

“从那时起，只要门廊里有一点响动，我就像要死过去似的。总认为是房客来了，为防万一，马上悄悄地先把别针取下来。不过来的都不是他，他再也没有来过。两个星期过去了，房客打发菲克拉来说，他有许多法文书，而且都是值得读的，问问外婆想不想让我给她读点什么来解闷儿。外婆同意了，表示感谢，不过总问那些书是不是合乎道德标准，因为她说，‘如果是些不正经的书，娜丝金卡，你可千万读不得，你会学坏的。’

“‘我能学坏什么呢？外婆，那里面写的都是什么呢？’

“‘唉！’她说，‘那里面写的都是青年人怎么样诱惑贞洁的少女，怎么样用答应和她结婚当幌子，怎么样拐带她们离开生身父母的家，后来又怎么样遗弃她们，把那些不幸的少女甩掉，她们饱受命运的折磨，最后一个个都死得非常的悲惨。’外婆说，‘这种书我读得才多哩，一切都写得美极了，整夜不睡，偷偷地读。可你，娜丝金卡，要注意，不要读那类书。那么，他都拿了些什么样的书来呢？’

“‘都是司各特写的小说，外婆。’

“‘司各特的小说！算了吧，这里面会不会耍什么鬼花样呢？查一查看，他没在其中夹带什么情书、便笺之类的东西吗？’

“‘没有，’我说，‘外婆，连张纸条也没有。’

“‘再看看书脊封面下的夹缝里，他们这些强盗有时候是往那儿塞信的！’

“‘没有，外婆，连夹缝也没有。’

“‘唔，那还差不多！’

“就这样，我们开始读司各特的小说，大概用了一个月左右的时间，读了差不多有一半。后来他一次又一次地把书送过来，也有普希金的作品。所以最后我几乎到了没有书读就没办法过日子的程度，再也不去想怎样才能跟中国皇太子结婚的事了。

“有一次在楼梯上，我偶然遇见了我们的房客。事情是这样的：外婆打发我去找什么东西来着。他停下来，我的脸红了，他的脸也红了，可是他笑着向我问好，问候外婆的身体，还说：‘怎么，您读完那些书了吗？’我就说：‘读过了。’他问：‘你们最喜欢的是什么？’我就说：‘《艾凡赫》跟普希金的作品比其他的都更受欢迎。’那次见面就这样结束了。

“过了一个星期，我又在楼梯上碰巧遇见他。这一回不是外婆派我去的，是我自己需要找点什么东西去的。时间是两点多钟，房客往往在那个时候回来。他说：‘您好！’我对他也说：‘您好！’

“‘怎么样？’他说，‘您整天陪着外婆坐，不觉得无聊吗？’

“他问到我这件事的时候，不知怎么，我的脸立刻红起来，觉得羞愧，同时又一次感到很难堪，因为十分明显，连外人也开始问到这件事了。我本来想一句话也不答就走开的，可是没有那份决心。‘您听我说，’他开口道，‘您是一位好心肠的姑娘！请原谅我用这种口气和您谈话，但是，我敢向您保证，我比您的外婆更希望您过得幸福。您没有任何可以去做客的女伴吗？’

“我说没有，以前只有一个女朋友玛申卡，现在她已经到普斯科夫去了。

“‘听我说，’他讲，‘您愿不愿意和我一起去看戏呢？’

“‘去看戏？那么外婆怎么办？’

“他说：‘您可以悄悄地避开外婆……’

“‘不行，’我讲，‘欺骗外婆的事我可不干！唔，再见！’

“刚刚吃罢饭，他就到我们这儿来了。他坐着跟外婆讲了很久的话，问她是不是打算到什么地方逛逛，有没有要好的朋友。后来突然话头一转，说：‘今天我拿到一张听歌剧的包厢票，演出的是《塞维勒的理发师》[1]。几个熟人最初准备一起去，可是后来又改变了主意，所以那票就留在我的手上了。'

"'塞维勒的理发师！'外婆喊起来，'是不是就是从前演出的那个理发师？'

"'是的，'他说，'正是那同一个理发师。'同时，眼光向我一闪。我立刻全都明白了，满脸通红，我的心由于紧张的期待也怦怦地跳起来。

"'哎呀，'外婆说，'怎么会不懂呢！从前在家庭晚会上，我还亲自扮演过罗丝娜哩！'

"'这么说，您还是今天就去看看吧？'房客说，'要不，我的票也是白白浪费。'

"好，我们去一趟吧，'外婆说，'为什么不去呢？再说我的娜丝金卡这么大，还从来没有去过剧院哩。'

"我的天啊，我是多么高兴啊！于是，我们立刻忙起来，穿衣打扮一番就坐车去了。外婆尽管眼睛看不见，可还是很喜欢听音乐的，加上她本来就是个慈祥的老太太，愿意让我去散散心解解闷，如果她不去的话，我们两个是不准备去的。关于看《塞维勒的理发师》的印象如何，我实在对您讲不出什么。整个晚上，我们的房客都是那样亲切地望着我，轻言细语地和我谈话。我看得出原先他提议让我单独和他出来，只不过有意考验考验我罢了。啊，多么快乐啊！上床睡觉的时候，我是那样得意，那样快乐，心跳得那样厉害，身上一阵阵燥热，仿佛害了病似的。整整一夜我尽讲关于《塞维勒的理发师》的梦话。

"我猜想，从此以后他会越来越经常地到我们家走动。——哪知道完全出乎意料，他差不多不再到我们这边来了。只不过一个月来那么一次，而且仅仅是为了邀请我们一起去看戏。我们又去过两次剧院。单纯这样，我是非常不满意

---

1 《塞维勒的理发师》，法国剧作家博马舍（1732—1799）的著名喜剧。又名《防不胜防》。叙述老医生强迫养女罗丝娜和自己结婚，而罗丝娜爱的却是化名兰多尔的年轻伯爵。伯爵靠其仆人费加罗帮助，冲破老医生的防范，和罗丝娜终成眷属。

的。我觉得他仅仅是可怜我被别针别在外婆身上的不幸处境，没有什么其他的念头。日子一天天过去，我却渐渐地变得坐不像坐，读不像读，做针线不像做针线，有时我没来由地笑，故意做点外婆不喜欢的事，有的时候又伤心落泪。最后，我消瘦下来，简直是病了。歌剧季节已经过去了，房客再也不到我们这儿来了。当我们碰面的时候，——当然还是在那段楼梯上，——他默默无言地鞠躬致敬，严肃得很，仿佛连一句话也不愿意说，就一直出门走下了大门口的台阶。可是我却还站在那儿，停在楼梯的半路上，脸红得像紫樱桃似的；因为每逢遇见他的时候，我所有的血都要一起涌到头上来。

“现在很快就要完了。整整一年前，五月里，房客来见我们，告诉外婆，他在这儿已经料理完自己的事，现在他又要去莫斯科一年左右。我听到这话，脸唰地一下子就白了，半死不活地跌坐在椅子上，外婆什么也没感觉出来。他通知说要离开我们之后，就鞠躬告退了。

“怎么办呢？我想了又想，愁了又愁，最后下了决心。明天他就要动身，于是我决定当外婆晚上睡熟后，彻底结束一切。事情就这样发生了。我把一切所需要的衣物，扎成了一个包袱，提着它，魂不附体地爬上阁楼去见我们的房客。我想那段楼梯我爬了足有一个小时。我推开他的房门，他猛地看到我，不觉大叫一声，他以为我是个幽灵，怔住了。紧接着他冲过来，递给我水喝，因为我已经站不住了，心跳得咚咚响，头疼得要命，意识十分模糊。待我略微清醒之后，立刻把包袱放在他的床上，自己坐在一旁，双手捂住脸，泪水止也止不住，失声痛哭起来。自然，他一眨眼什么都明白了，站在我跟前，面孔苍白，凄惨地望着我。我的心碎了。

“‘您听我说，’他开始讲道，‘听我说，娜丝金卡，我没有能力，我是一个很穷的人，暂时我还什么都没有，连个体面的职位都没有。即使我娶了您做妻子，我们怎么维持生活呢？’

“我们谈了很久，最后我忍不住发作起来，说我不能再和外婆住在一起了，我要从她这儿逃跑，不愿意再过这种让别人用别针钉住的生活。如果他同意，我就跟他到莫斯科去，因为我没有他就不能生活了。羞涩、爱情和骄傲——一切的一切在我内心交织着，沸腾着。我浑身颤抖，几乎昏倒在他的床上。我非常害怕他会拒绝我！

“他沉默了几分钟，然后站起来，走到我面前，拉起我的手：‘请听我说，我那好心肠的、可爱的娜丝金卡！’他一边流泪一边说，‘听我说：我向您发誓，假如有一天我有条件结婚，那么您是唯一能使我幸福的人！请您相信，即使是现在，也只有您是唯一能够给我幸福的人。您听着，现在我到莫斯科去，在那里要停留整整一年。我期望着在那里建立起自己的事业。当我转回来的时候，您如果仍旧爱着我，我敢向您发誓，我们一定会很幸福的。现在是不可能的，我没有能力，也没有权利向您预先允诺什么。不过我再讲一遍，即使经过一年还办不到，那么迟早有一天总会实现的。当然，这指的是您到那时果真还爱着我而且又没有爱人的话。因此我不愿意您受到某种允诺的束缚，我不能，也不敢那么做。’

“这就是他对我所讲的话。他第二天就离开了。我们两个约定：关于这一切，先不对外婆漏一点口风。那是他的愿望。好，现在我的历史大体上讲完了。过去整整一年了，他已经回来了，在此地已经整整三天了，可……可是……”

“怎么样呢?”我喊起来，急于听到结尾。

“直到现在还见不到他的人影！”娜丝金卡答道，好像耗竭了最后一点气力，“无——声——无——息……”

她停住不讲了，沉默了一会儿，垂下了头。突然间，她双手捂住脸，痛哭起来，哭得我的心也碎了。

我无论如何没有预料到这样的结局。

“娜丝金卡！”我开始用胆怯和讨好的声调劝她，“娜丝金卡，看在上帝的分上，不要哭啦！您怎么会知道呢，或许，他还没有来……”

“在这儿，在这儿!”娜丝金卡抢着说，“他在这儿，我知道这个。我们两个约定好了，那还是在那天晚上，他动身的前一晚：当时我们什么话都讲过了，那些话刚才我都向您叙述过了。我们相许相约之后，走出家门到这儿散步，正是到这条河堤路上来的。时间是十点钟。坐的也正是这条板凳。我已经不再哭了，听着他讲话，感到非常甜蜜……他说过，只要他一下车，他必定立刻去看我们。如果我不拒绝他，我们就一起向外婆讲明一切。现在他到了这里，可又不见他来，不见他来!”

“我的上帝啊！难道没有办法减轻痛苦吗?”我叫喊着，绝望地从板凳上跳起来，“告诉我，娜丝金卡，能不能干脆由我去找他?”

“难道这可能吗?”她说着，突然仰起了头。

“不行，很明显，不行!”我猛醒过来说道，“好，这么办吧。您给他写一封信!”

“不，这不可能，这不行!”她回答得很坚决，可是已经低下头，不再望着我了。

“怎么不行？为什么不行呢?”我接下去说，坚持着自己的看法，“可是，您懂吗，娜丝金卡，看是哪一种信啊？信和信是不同的，而且……啊，娜丝金卡，事情确是这样！请相信我！我不会给您出坏主意。所有这一切完全可以安排好。您已经迈出了第一步，为什么现在却……”

“不行，不行！那样我就好像在巴结他……”

“哎呀，我那好心肠的娜丝金卡!”我打断她的话，忍不住笑了，“不，不会！您其实是有权利这样做的，因为他曾经答应过您。而且我根据所有的情况看得出，他是一个温柔文雅的人，并且所作所为非常高尚。”我接下去越说越沉醉于自己的议论和结论的逻辑性，“他做了些什么呢？他用誓言约束着自己。他说过，只要他准备结婚，那么，除您之外谁也不娶。而给您保留的是绝对的自由，就是现在拒绝他也悉听尊便……在这种情况下，您可以先迈出第一步。您有权利，您的地位比他优越得多，……譬如，甚至如果您愿意使他从他的誓言中解脱出来……”

“您听我说，要是您的话，您打算怎么写呢?”

“写什么?”

“写信呗。”

“嗯，我就这样写：‘敬爱的先生……”

“这，一定应当称呼‘敬爱的先生’吗?”

“绝对应当！但是，为什么应当呢？我认为……”

“喏，好！往下呢?”

“‘敬爱的先生！我向您道歉……’不过，不，没有必要道歉；事实胜于雄辩，要写得简明扼要：

“‘我正在给您写信。请原谅我没有耐心。不过，我以希望为幸福，已经整整一年了。目前连一天怀疑的日子我也不能忍受，这是我的过错吗？现在，您已经回来了，很可能，您背弃了自己的初衷。那么这封信会告诉您，我并没有抱怨您，更没有怪罪您。我不归罪于您是因为我本来就无权管束您的心灵，也是我命该如此！

“‘您是一位品格高尚的人。您不会讥笑我这几行心情烦躁的文字，也不要由此而懊恼。请记住，这几行字的笔者是一个可怜的姑娘，她孤身一人，没有人指导她，没有人给她提供什么忠告，她从来也不善于控制自己的心灵。如果我的心灵投上了哪怕是一秒钟的怀疑阴影，那就请原谅我吧。您生来就不可能甚至在思想上委屈一个往日热爱过您而如今仍然爱着您的姑娘。’”

“是的，很对！我要写的正是这些!”娜丝金卡喊起来，眼睛里闪现着喜悦的光辉，“噢，您解除了我的疑虑，是上帝亲自把您派来保护我的！感谢您，非常感谢您!”

“为什么？为了上帝派我来吗?”我狂喜地望着她那欢快的面庞。

“是啊，就算为这个。”

“啊，娜丝金卡！要知道，有时我们感激别人正是因为他们能和我们生活在一起。我感激您就因为遇到了您，因为我一辈子可以永远回忆到您！”

“喏，算了，够了！现在您再听我说：当时约定好，只要他回来，一下车就立刻让我知道，把信留在一个地方，给我的熟人。这些人都是好心肠的普通人，并且不晓得这件事的内情。如果他来不及写信给我，因为不可能用信把一切都讲清楚，那么他就在到达此地的当天晚上整十点钟的时候到这里来，这是我们约会的地点。他回到这里来的事，我已经知道了，可是第三天了还不见有信来，也不见他的影子。清早我从外婆那儿无论如何脱不得身。您明天把我的信交给我告诉您的那些好心人，他们会转给他的。如果有回信您就带回来，晚上十点钟交给我。”

“可是信，那信！要知道得先把信写出来呀！那样这一切岂不要等到后天才能办到！”

“信……”娜丝金卡回答着，显得有些慌乱，“信……不过……”

她没有继续说下去。最初她转过脸去，避开我，可是那脸涨得通红，好像玫瑰花似的。接着，我突然感觉到我手里塞进了一封信，一看，那是一封早已写好，准备妥当，封口待发的信。某种熟悉的、亲切美好的回忆闪现在我的脑海里。

“罗——丝——娜——”[1] 我开始唱起来。

“罗丝娜！”我俩同声唱着，我狂喜得几乎把她抱起来。她的脸红得不能再红，快活地笑着，黑黑的睫毛上抖动着珍珠般的泪花。

“噢，好了，够了！现在再见吧！”她急切地说着，“这是托给您的信，这是投递的地址。再见！下次再见！明天见！”

1　此处为《塞维勒的理发师》的二重唱段的开头。

她紧紧地握了握我的双手，点了一下头，于是一闪身，像箭似的飞向自己那条胡同去了。我目送着她的背影，在原处站立了很久。

“明天见！明天见！”这喊声不断在我耳边回响着，尽管她的倩影早已消失不见了。

第三个夜晚

今天是一个凄雨绵绵引人忧伤的日子，见不到一丝阳光，恰似我未来的暮年一样。那些奇异的念头、阴郁的感触，使我非常苦恼，一些模糊不清的问题纷至沓来，涌进我的脑海。不知道为什么，我既无心力也无情趣去解决它们。反正我也不可能把这一切都彻底解决的！

今天我们是不可能会面的。昨天我们分手的时候，大片大片的乌云已经在遮蔽天空，并且开始起雾了。我说，明天天气可能很坏；她没有回答，她不想讲违反自己意愿的话。对她来说，这一天应当是阳光明媚的晴朗天气，不该有一丝乌云来扰乱她的幸福。

“万一下雨的话，我们就不会面！”她说，“下雨我不来。”

可我估计，她不会在意今天的雨。然而，她真的没有来。

昨天是我们第三次会面，也是我们第三个白夜……

真的，欢乐和幸福能够使人变得多么美好啊！心中激荡着炽烈的爱，热烈地向往着将自己整个心灵倾注到另一颗心灵中去，愿意一切都充满欢乐，一切都透出笑意。昨天她说的话里含着那么多柔情，心里对我怀着那么多的善意……她那样地奉承我，亲热我，那样地鼓励我，安慰着我的心！噢，她幸福得多么娇媚动人啊！可是我，……我却把这一切信以为真！我认为，她……

可是，天啊，我怎么会没想到呢？我的眼怎么会那么瞎，看不到一切早已另有所属，而不可能归我所有呢？最后，难道她的柔情，她的关切，她的爱——对我的爱，——这一切不是什么别的，只不过是她由于立刻就要会见另一个人而感到的喜悦吗？只不过是她想让我也分享她一部分幸福而流露出的愿望吗？……当他没有来，当我们白白地等待他，毫无结果的时候，她紧紧地皱起眉头，愁容满面，她开始胆怯、害怕起来。她所有的动作，所有的言辞，不再那样活泼逗人、轻松愉快了。奇怪的是，她突然对我殷勤起来，仿佛她本能地甘愿把她苦苦追求并担心不能实现的一切倾注到我的身上。我的娜丝金卡完全丧失了勇气，惊恐万状，以致最后好像终于领悟到我对她的爱，对我这种可怜的爱流露出由衷的恻隐之情。正是这样，当我们不幸的时候，我们对别人的不幸，理解得就会格外深刻。感情不会破灭分散，而是更加专注集中……

我去见她的时候，心情十分激愤，只能勉强按约会的时间赶到。我不能预测自己的感触是否会和现在一样，没有料想到结果会不是这样。她快活得容光焕发，她在等待着回音。他本人就是回音。他本应该走来，跑来，响应她的召唤！

她比我早到了整整一个小时。起初她一味地笑着，嘲笑我讲的每一句话。我开始讲了几句就停了下来。

“您知道我为什么这样快乐吗？”她说，“为什么这样喜欢看着您？为什么今天这样爱您？”

“怎么？”我问道，我的心不由得颤抖了。

“我爱您是因为您并没陷入我的情网。如果是别人处在您的地位，早就会搅得我不得安宁，纠缠不清，一天唉声叹气，甚至患上单思病，可是您多可爱啊！”

这时她握紧了我的手，痛得我几乎失声大叫。她笑起来。

“天啊！您是多么好的朋友啊！”过了一会儿，她颇为认真地开始说道，“是上帝亲自派您来保护我的！喏，假如您现在不跟我在一起，我会发生什么事呢？您真是一位好义无私的人啊！您爱我爱得多么真挚啊！即使我嫁人之后，我们也会保持情谊，比亲兄妹还要亲。我一定爱您，差不多像爱他一样……”

一瞬间，我感到伤心得可怕，同时某种类似笑的冲动在我的灵魂深处蠕动着。

“您只是神经过敏罢了。”我说道，“您是胆怯。您以为他不会来的。”

“噢，看您说的！”她答道，“如果我不够幸福，听到您这种怀疑和您这些指责，我可能会大哭起来呢。不过，您到底引起我产生一种想法，提醒我一个值得长时间思考的想法。等我以后再去仔细想吧。可是，现在我向您承认，您讲得对。不错！我确实有点心神不定，我整个身心都在等待着，觉得一切都好像过于容易了。唔，算了吧，暂时不提关于感情的事！……”

这时传来了脚步声，昏暗中显出了一个行人的身影，直朝我们走来，我们两个都发抖了，她差一点喊叫起来。我放开她的手，摆出准备走开的姿势。但是，我们认错了人：不是他。

“您害怕什么呢？为什么您丢开我的手？”她说着，又把手递给我，“那有什么关系？我们一起和他会面。我愿意他看到我们彼此多么相爱。”

“彼此多么相爱！”我脱口喊了出来。

我心里想道：“唉，娜丝金卡，娜丝金卡！您这句话说出的东西实在是够多的了！由于这样的爱情，娜丝金卡，有时真叫人寒心啊，心灵上特别沉重。你的手冰一样的冷，我的手火一样的热。你是多么盲目啊！……噢，幸福的人有时候多么让人讨厌啊！不过，我不愿意生你的气！……”

最后，我心里实在忍耐不住了：

“您听我说，娜丝金卡！”我喊道，“您知道这一天里我发生了什么事吗？”

“哦，怎么，怎么回事？快点讲一讲！您为什么直到现在不说呢？”

“首先，娜丝金卡，我完成了您的一切委托，交出那封信，在您那些好心肠的朋友那里坐了一会儿，后来……后来我就回家，躺在床上睡着了。"

"就是这一些吗?"她打断我的话，笑起来。

"是啊，差不多就是这一些，"我提心吊胆地回答着，因为那些愚蠢的泪水已经涌上了我的眼眶，"我在我们约会前的一小时醒来，不过又好像没有睡过。我走着，想把这一切都告诉您，仿佛时间对我来说已经停滞了，似乎有一种触觉，一种感情，要从这时候一直保留在我心里一辈子，仿佛一分钟要无尽无休地延长，对我来说整个生命好像已经中止了……当我醒来的时候，我感觉出一种音乐的旋律，早已熟悉的、以前在什么地方听过、后来又忘掉的，一种愉快甜蜜的旋律，重又被我想起来了。我感到那是一生一世都想从心灵深处涌出的旋律，直到现在才……"

"哎哟，我的天啊！我的天啊！"娜丝金卡打断了我的话，"这到底是怎么回事啊？我连一个字也听不懂!"

"啊，娜丝金卡！我希望无论如何要给您转述出我那种稀奇的印象……"我竭力表达得声调悲怆，仍旧怀着一丝颇为渺茫的希望。

"够了！不要再说了！算了吧!"她急促地说着，这个鬼灵精，她一眨眼就猜到了。

突然地变得异乎寻常地饶舌、快乐和调皮。她挽起我的胳臂，嬉笑着，想让我也笑，对我每一句难为情的话，她都报以一长串银铃似的笑声，……我开始生气了，可是她却突然向我撒娇调情起来：

"您听我说啊!"她开始道，"要知道，您不陷入我的情网，我还真有点懊悔哩！过后再评论一下这个人吧！不管怎么说，宁折不弯的先生，您没办法不夸赞我，我是个多么单纯的好姑娘啊！我什么都告诉给您了，什么都讲了，不管脑子里闪过什么蠢念头，我全都告诉给您了。"

"听！好像已经十一点钟了吧?"我说道。从远处城里的钟楼上传来有节奏的钟声。她突然停住不再笑了，开始数钟声。

“是的，十一点钟了。”最后她说道，语调显得相当忐忑不安。

我立刻感到十分后悔，不该惊吓她，迫使她去数钟声。我诅咒自己刻薄，为她难过，不知道怎样才能弥补自己的过错。我开始安慰她，绞尽脑汁搜寻出他所以不来的千般理由，提出种种论据和证明。此刻找不出比她更容易上当受骗的人了，实际上任何人在这种时候都会高兴听到哪怕是任何一种不着边际的安慰，只要有丁点辩解的根据，就会高兴得不得了。

“简直说来可笑，”我讲起来，越说越激动，欣赏着自己的论据异乎寻常地明确、有力，“他根本不可能来。娜丝金卡，连我也让您给弄得晕头涨脑，把计算时间的事忘掉了。您只要想一想，他未必能接到信，譬如说，他不可能亲自来；譬如说，他只能回信，可是信到您手里不会早于明天。明天早上天一亮，我就到他那里去一趟，有结果就会马上告诉您。最后，您可以设想出千百种可能性，例如，信到他那里时，他碰巧不在家，他很可能直到现在还没读到信呢。说真的，可能有种种情况。”

“对，是啊！”娜丝金卡答道，“我想都没有想到。当然，可能有种种情况。”她接着说下去，语气十分急促，但其中有某种令人忧虑的不谐调的东西，话音中有种深远的思虑。“我告诉您怎么办，”她继续说，“明天您尽量早点儿去，不管得到什么结果，您都应当马上通知我。您还不知道我的住处吗？”于是她向我重说了一遍她的地址。

后来，她突然对我非常亲切热情，小心翼翼起来……她似乎是在专心倾听我向她说的是什么，可当我向她提出某个问题时，她却一个字也回答不出，颠三倒四，最后扭头避开我的视线。我仔细注视着她的眼睛，——是了，她在流泪。

“喂，怎么能这样？怎么能这样？哎呀，您真算是个大孩子！太孩子气了！……算了吧！”

她试着想笑，想控制自己，可是她下颏颤抖着，胸脯不停地一起一伏。

“我在考虑关于您的事，”她沉默一会儿之后说道，“您的心肠多么好啊！即使我是个石头人，也会感觉得到的。……您知道我忽然想到什么？我比较了一下你们两个人。为什么他不是您呢？为什么他不像您这样呢？他不如您，尽管我爱他比爱您要深。”

我什么都没回答。看样子，她盼望我开口说些什么。

“当然，我或许并不十分理解他，不完全知道他的一切。您知道，我总好像有点怕他；他经常是那么严肃，好像有点骄傲。当然，我知道，他只是外表这样，其实他的心比我的还温柔……我记得，他是怎样望着我的，当我提着包袱去投奔他的时候，——您记得那件事吧？不过，无论怎么说，我实在有点过于尊重他，这样我们两个就显得有点不平等了，是吧？”

“不，娜丝金卡，不对，”我答道，“我只证明，您爱他胜过世上的一切，您爱他超过了您对自己的爱。”

“好，就算是这样吧。”天真的娜丝金卡说道，“您知道现在我想到了什么？不过我现在要讲的和他没有什么关系，我是泛泛地谈，其实这个想法我早就有了。您听我说，为什么我们彼此之间的关系不能做到跟同胞手足一样呢？为什么即便最好最好的人也会那样，总好像有点什么事要瞒着别人，不告诉别人呢？为什么话到嘴边，尽管话不会白说，别人也会重视，却不能当面及时地、爽快地说出来呢？如果不是这样，任何人都会认为，他仿佛比实际上严厉得多，好像所有的人都怕伤害自己的感情，倘若很快就把这些感情暴露出来……”

“噢，娜丝金卡！您说的是实在话，不过这是由于多种原因造成的。”我打断她的话，这时我比任何时候都更约束着自己的感情。

“不，不对！”娜丝金卡深有所感地说，“譬如您，就与众不同！我，说老实话，不知道怎样向您讲清楚我感受的一切，但是我认为，譬如您……就拿现在来说……我的心直觉到，您正在为我牺牲着某种……”她飞快地看了我一眼，胆怯地补充着，“如果我说得不合适，您要谅解我，我原是个平凡的姑娘，我没有什么阅历，而且我实在有时也不懂讲话。”她又补充着，声调受某种隐秘感情的影响而颤抖着，同时竭力勉强露出微笑，“不过，我只是想告诉您，我是非常感激您的，这一切我心里是有数的，感觉得到的……啊，让上帝为这一切赐福给您吧！您跟我讲了那么多关于幻想者的话，那全都不是真的，也就是说，我愿意告诉您，那些都和您毫不相干。您身体正在恢复，会康复如初的。您，说实在的，不像您自己所描写的那样，您完全是另外一个人！假如您将来爱上谁的话，上帝一定会赐给您和她幸福！我知道，用不着我为她祝福，跟您在一起生活，她肯定会幸福的。我自己也是个女人，既然我这样说，您就应当相信我……”

她沉默了，紧紧地握着我的手。我由于激动，一句话也说不出。这样过了几分钟。

“唉，看来他今天不会来了！”她终于抬起头说，“太晚了！……”

“他明天会来的。”我说着，语气十分坚决肯定。

“是啊，”她补充着，快活起来，“我自己现在也看得出，他只有明天才能来。好，再见吧！明天见！万一下雨的话，我可能就不来了。可是后天我会来的，一定来，不管我发生什么事也要来。您一定要到这儿来，我愿意见到您，把一切都告诉您。”

后来，我们分手的时候，她把手伸给我，坦然地望着我说道：

“就这样，我们将永远在一起，对不对？”

啊！娜丝金卡，娜丝金卡！要是你知道我现在多么孤独就好了！

九点钟过后，我在房间里就坐不住了，穿戴起来，走出门去，也不顾那是阴雨天气，我在那儿坐在我们坐过的板凳上。我曾走进她家那条胡同里去，但突然感到十分羞愧。所以，尽管只差几步就走到她家，我却连窗子都没仔细望一眼就转身回来了。我回到家时心情十分忧郁，从来没有这样忧郁过。多么潮湿恼人的天气啊！假如天气晴朗，我必然会整夜在外面散步的……

可是，明天见！明天见！明天她会把一切都告诉我的。

不过，今天信还没有来。其实，也正应当如此，他们两个可能已经聚在一起了……

第四个夜晚

天啊，这一切是怎样结束的啊！这一切是以什么为结局的啊！

我是九点钟到的。她已经在那里了。我从很远的地方就看见她了。她站在那里，像最初的那样，臂肘撑在河堤路临河的栏杆上；她没听见我走到她跟前。

“娜丝金卡!”我招呼她一声，极力克制着自己的激动心情。

她飞快地转过身来。

“喏!”她说，“喂，快一点!”

我瞪着眼莫名其妙地望着她。

“喂，信在哪儿？您带来了吗？”她的手抓住栏杆，重复着。

“没有，我没有信。”最后我说，“难道他没有来过吗？”

她的脸色苍白得可怕，两眼死盯着我望了很久。我粉碎了她最后一线希望!

“唔，随他去吧!”她终于开了口，断断续续地说着，“不用再提他了，既然他这样抛弃了我。”

她低下眼睛，后来想望一望我，但没能办到。又过了几分钟，她尽最大力量压抑着激动，但是突然转过身去，俯在栏杆的柱头上，号啕痛哭起来。

“算了，不要这样!”我劝她，但是看着她这样，我无力继续说下去，况且我又能说些什么呢？

“请不要安慰我!”她哭着说，“不要再讲到他，不要再说他会来了，不要说什么虽然他这样，但是还不能证明他已经残酷地、没人性地抛弃了我！啊，为什么呀？为什么！难道我那封信，那封倒霉的信里写了什么得罪他的话吗？……”

这时她的痛哭声截断了她的话，望着她我的心碎了。

“噢，这有多么野蛮、残酷啊！”她又数说起来，“连一行字，一行字都没有啊！哪怕回个信，说他不需要我，不想见我也好呀！可是整整三天连一行字也没有啊！他多么轻易地就欺侮、伤害一个又可怜又无力自卫的姑娘啊！姑娘唯一的过错就是爱上他了！噢，整整三天我忍受了多少折磨啊！我的天啊！我的天啊！只要我一想到，是我自己首先到他那里去的，我多么后悔是我自己在他面前自轻自贱，我哭过，我乞求过他给我哪怕一丁点的爱……可是这之后，……您听我说，”她转过身来对我讲道，黑黑的眸子闪闪发光。“要知道，好像不是这样！不可能是这样！这不合乎常情！不是您就是我，我们大概弄错了！或许他还没有收到信？莫非他直到现在还什么也不知道？怎么可能呢？您判断一下，您告诉我，看在上帝的分上，您为我解释一下，我不能够理解，一个人怎么能像他这样野蛮粗暴地对待我！一句话也没有！即使对世上最低贱的人也有比这更多的同情啊！或许他听到了什么，莫非有谁在他面前造我的谣言？”她喊叫起来，问我：“怎么样？您怎么想呢？”

“听我说，娜丝金卡，明天我就以您的名义去找他。”

“真的？”

“所有的情况我都要问他，我也要把一切都讲给他听。”

“唔！怎么样！”

“您要写一封信。不要讲不，娜丝金卡，别说不！我要使他尊敬您的行为，他会了解一切情况，而且，如果……”

“不，我的朋友，不用了，”她打断了我的话，“够了！我没有话讲，一个字也没有，半行也不写——够了！我不认识他，我不再爱他了，我要忘——掉——他……”

她说不下去了。

“冷静点儿，冷静点儿！坐在这里吧，娜丝金卡！”说着，我扶她走过去坐在板凳上。

“我很冷静。算了吧！没有什么！只不过流点泪。这就会干的！您认为我要自杀，要投河吗？”

我的心十分沉重，想开口讲点什么，却说不出。

“您听我说。”她继续讲，拉起我的手，“告诉我，要是您的话，您不会这样对待我吧？您不会忍心抛弃亲自投奔您的姑娘吧？您不会横下一条心当面无耻地嘲弄她脆弱而痴情的心灵吧？您反而会保卫她，是不是？您一定会清楚地认识到，她一向孤孤单单，她不懂得谨慎小心，她不会珍惜自己而陷入了您的情网，她是无辜的，她毕竟是无罪的……她什么坏事也没有做啊！……噢，我的天啊，天哪！……”

“娜丝金卡，”我叫着，再也没有力量克制自己的激动，“娜丝金卡！您揉碎了我的心！您伤害了我的心！您简直在一刀刀地割我的心啊，娜丝金卡！我再不能沉默了！总而言之，我要说，我要讲出往日积压在我心头，如今已经沸腾起来的一切……”

这样讲着，我从板凳上站起身来。她拉着我的手，吃惊地望着我。

“您怎么了？”她怯生生地问。

“您听我说！”我讲得十分坚决，“娜丝金卡，听我说！我现在要讲的都是荒诞无稽的东西，无法实现的痴人说梦。我明白，这种情况无论什么时候也不会出现，但是我实在不能再沉默了！鉴于您经受这么大的痛苦，我要预先请求您的宽恕！……”

“什么事？怎么了？”她说着，已经不再哭泣，注视着我的脸，泪眼中闪烁着好奇的神情。

“这是无法实现的。但是，我爱您，娜丝金卡！就是这个！好，现在总算全说出来了！”我说着，挥了一下手，“您看，您现在还能像刚才一样和我谈话吗？

最后，您还能听得进我要向您说的话吗？……”

“怎么样呢？怎么样呢？”她打断了我的话，“这又有什么呢？是的，我早就明白，您爱着我，不过我总感觉，您对我的爱是那样普通的一般的泛泛的爱……啊，我的天啊，我的天！”

“一开始确实是普通的，娜丝金卡，可是现在，现在……我简直和您当初提着包袱去投奔他一模一样，而且处境比您还差得多，娜丝金卡，因为他那时是没有情人的，而您现在却恋爱着。”

“您这是对我说些什么啊！我真的一点也不懂您的意思。您不听我说，这为的是什么，不，不是为的是什么，是什么原因使您这样，突然一下子……天啊！我尽讲些废话。那么，您……”

娜丝金卡迷惘得发窘，双颊绯红，低下眼睛。

“怎么办呢，娜丝金卡，我怎么办呢？是我的过错，我滥用了您对我的……但是，不，不对，错的不是我，娜丝金卡。我听得出，感觉得到，我是对的，因为我一点也没有欺侮过您，一点也没有伤害过您！我是您的朋友，对，就是现在我也是您的朋友，我没有背弃过什么。是的，我现在流泪了，娜丝金卡。让它流吧，流吧，——不会妨碍任何人。它会干的，娜丝金卡……”

“您快坐下来，坐下呀！”她边说边拉我坐在板凳上，“噢，我的天啊！”

“不！娜丝金卡，我不坐下，我已经不能再在这儿停留了。您从此以后再也不会见到我了，我把一切讲完就走开。我只是想告诉您，本来您无论什么时候也不会晓得我爱您的。本来我可以永远保守住这个秘密的。我本来不会用我这种自私自利折磨您的。不会的！可是我现在却实在忍耐不住了，这事是您自己讲起来的，都怨您，全都该归罪于您，我是无辜的。您不能赶走我……”

“哦，不会的，不会，我决不赶开您，不会！”娜丝金卡说着，尽量掩饰着自己的窘态，一副可怜的样子。

“您不会赶走我？不！我自己倒想从您身边逃走，我就要走开，不过我先要把一切从头对您讲清楚。因为您刚才在这儿诉说的时候，我真是如坐针毡啊！您在这儿痛哭流涕，难过得要死，都是由于，由于——我只好讲了，娜丝金卡，——由于别人不再理睬您，拒绝了您的爱情。那时我深深地感到，我甚至听到，我的心里对您积蓄的爱却是那么多。娜丝金卡，那么多的爱啊！……我觉得非常痛苦，我没能用这种爱来帮助您……我的心都要炸开了，所以我，我——我就不能再沉默了，我应当讲，娜丝金卡，我是应当讲的啊！……”

“是的，对啊！讲给我听吧，就这样和我讲吧！”娜丝金卡带着难以形容的动作说道，“您可能觉得奇怪：我这样和您谈话。都不过……您说吧！我过后再讲，我把一切全都告诉您。”

“您现在是可怜我，娜丝金卡，您仅仅是怜悯我，亲爱的朋友！失掉的东西找不回，说出口的话也追不回！难道不是这样吗？好，您现在全都知道了。对，这就是出发点。是的，很好，现在一切都非常好，不过请您听我说。当您坐在这里，流着眼泪的时候，我暗自想道——噢，请允许我讲出来我想的是什么，——我想，……不过，当然，这是不可能的事，娜丝金卡，……我想，您……我想，您不论怎样，如果……喏，当然是从纯客观的立场上说，如果不再爱他的话。那么，这一点我昨天，甚至前天就想到了，娜丝金卡，——那么我一定要这样，我一定要使您能爱上我，因为您讲过，您亲自说过，您差不多已经爱上我了。后来又怎样呢？是的，这就差不多是我想告诉您的一切了。只剩下一点没说，就是：万一您爱上我会怎么样呢？就是这一点，再没有什么要讲的了！您听我说，我的朋友，——不管怎样，您总还是我的朋友，——我，当然，是个平庸之辈，一贫如洗，职位很低，——但是关键不在这里，……我总有点词不达意，实在是过于难为情了，娜丝金卡，……主要的是，我一定会那么爱您，那么爱您，甚至您还爱着他，继续爱着我不认识的那个人，您也不会发觉我对您的爱情是您的一种沉重负担。您只会听到，只会每时每刻地感觉到，在您的身边跳动着一颗高尚的心，一颗高尚的心，热烈的心，在为您……噢，娜丝金卡，娜丝金卡！爱您爱得好苦啊！……”

“哦，不要流泪，我不忍心看您这样难过！”

娜丝金卡说着很快地从板凳上站起来。“我们走动走动吧，陪我走走吧，不要流泪，别哭了。”说着，她用自己的手帕为我揩泪。“好了，现在走吧，可能我也要告诉您点什么……是啊，既然他现在抛弃了我，既然他已经忘掉我了，尽管我还在爱着他，——我不想欺骗您……那么您听我说，也要回答我，譬如，我真的爱上了您，就是说，如果我只……噢，我的朋友，我的朋友啊！当我一想起，一想起我夸奖您没陷入我的情网的时候，我曾经讥笑过您的爱情，……我是多么后悔啊！……噢，天啊！我怎么会没早点看出来？没早点看出来！我多么蠢啊，不过……唔，好吧，我下了决心全都告诉您……”

“听我说，娜丝金卡，您知道吗？我得离开您，就是这么回事！我这样简直是折磨您。看，您现在又为嘲笑过我的事感到良心上过意不去了。我不愿意，是的，不愿意在您这样痛苦的时候，又加上……当然，这是我的过错，娜丝金卡，好，我们分手吧！”

“不要走，您先听完我说的话，您能等一等吗？”

“等什么？怎么？”

“是的，我爱他，不过这一切会消失的，也应当消失，不可能不消失。我觉得现在正在消失着……怎么知道呢，很可能，今天就全部结束了，因为我痛恨他；因为他肆意嘲笑我的时候，您却在和我一起伤心落泪；因为您就不会像他那样不理睬我；因为您爱我，而他根本就不爱我；最后，还因为我自己爱您……是的，我爱！我爱您，正像您爱我一样，就是我自己以前也这样告诉过您，您也听到过，——我爱您是因为您比他好，因为您比他高尚，还因为，因为他……”

可怜她心情那么激动，终于讲不下去了，把头靠在我的肩上，后来伏在我胸前痛哭起来。我安慰她，劝说她，但她无论如何止不住哭泣。她紧紧握住我的手，边哭边说：“等一等，等一下！我现在就不哭了！我愿意告诉您……您不要认为这些眼泪……这没什么，由于脆弱，等一等，一下子就过去了……”终于，她不哭了，擦掉眼泪，我们重新又往前走去。我几次想讲话，但是她总让我再等一等。我们默默地走着……最后，她心情平复下来，重新讲话了。

“原来是这样。”她开始说道，声音微弱而颤抖，然而，从其中突然听得出一种径直穿透我心胸而又颇为甜蜜的音响。“您不要认为我水性杨花，不要认为我这么快、这么容易就忘掉和背弃了……我整整一年热恋着他，可以向上帝起誓，我从来没有，无论什么时候也没有对他不忠实过，甚至连这类念头也没有过。可是他鄙视这一切，他嘲弄了我，——随他去吧！不过，他伤害了我，侮辱了我的心灵。我——我不爱他，因为我只能爱那种胸怀坦荡的、理解我的和品格高尚的人，因为我本身就是这样的，所以，他实在配不上我……算了，随他去吧！其实他这样做还好些，免得以后我受骗白白地空等他一切，免得到那时才知道他是什么样的人……好，结束了！可是，怎么知道呢，我好心肠的朋友，怎么知道呢?”她继续说着，紧握着我的手，“也可能，我的全部爱情只不过是感情上的错觉，是一种幻象；或者，这次恋爱只是由于淘气和无关紧要的琐事惹起来的，或者是外婆对我管束的方法欠妥造成的?也可能我本应当爱上别个，而不是他，应该爱另外一个懂得心疼我的人，同时……同时……算了吧，我们不谈这个了。”娜丝金卡住了口，激动得喘不过气来。“我想告诉您的就是……我想告诉您，如果，我尽管爱着他，不，爱过他，假使，您虽然将来会说……假如您感觉到，您的爱情非常深沉有力，足以彻底排除我往日的……如果您真心地可怜我，不愿意我只身受命运的摆布而毫无慰藉和希望的话，假若您能永远像现在这样爱我，那么我可以向您盟誓，我的感激之情……我的爱情总会配得上您的爱情……您能接受我向您伸出的手吗?”

“娜丝金卡，”我喊道，痛哭使我喘不过气来，“娜丝金卡！……噢，娜丝金卡！……”

“唔，够了，够了！喏，现在真的够了！”她极力克制着自己说，“好，现在一切都讲清楚了，对不对？是这样吧？好了，您感觉幸福，我也感觉幸福。再不说这个了，暂时不谈，饶恕我吧……看在上帝的分上，您讲点别的吧！”

“对了，娜丝金卡，是的，关于这个已经够了，现在我感觉幸福，我……好了，娜丝金卡，我们马上就讲别的，马上就讲，是的，我恨不得……”

说实在话，我们也不知道讲什么好。我们一起笑，我们一块儿哭，我们讲过千百句不相连贯的话语和想法。我们有时沿着人行道走着，有时又一下子返回来横过车道，有时就站在街心，一会儿又走上河堤路漫步，我们像两个天真的小孩子。

“娜丝金卡，我现在是一个人过日子，”我说，“可是明天就会……唔，当然，我，您也知道，娜丝金卡，很穷，我总共只不过有一千二百卢布。不过，这不要紧……”

“当然不要紧，外婆还有养老金，她不会成为您的负担。我们也应当供养外婆。”

“当然，应当供养外婆……不过还有玛特辽娜……”

“啊，我们也还有个菲克拉！”

“玛特辽娜心肠好，只是有一个缺点，她缺乏想象力，娜丝金卡，完全没有想象力，不过，这没关系。……”

“反正一样，她们两个都可以跟着我们，那么您明天就搬过我们这边来住吧！”

“怎么？到您那边！好，我准备……”

“噢，是让您租我们一间房子住。我们那儿，在上面有个阁楼空闲着，前不久住过一个女房客，贵族老太太，她搬走了。我知道外婆打算找个年轻的房客搬来住，就问：‘为什么要租给年轻人呢？’她就说：‘这是因为我年老了。你啊，你不用想，娜丝金卡，我决不会把你嫁给他。’不过，我猜得没错，她就是那个想法……”

“哈哈哈，娜丝金卡！……”

我们两个大笑起来。

“唔，好了，够了。唔，我忘记您住在哪里了。”

“那儿，在那座桥边，在巴拉尼可夫公寓。”

“是那座高大的房屋吗？”

“是的，就是那座。”

“噢，知道啦。挺好的一座公寓，但是您听我的，放弃它吧，尽快地搬到我们这儿来……”

“明天吧，娜丝金卡，明天吧。我在那边还欠了点房租，不过这没有关系……我很快就要领薪水了……”

“您知道，或者我去学校教书，自己边学边教……”

“唔，这真妙极了……而且，很快我就要得到奖金了……”

“这么说，您明天就是我的房客了……”

“是的，我们去看《塞维勒的理发师》吧，很快又要上演了。”

“好，我们去。”娜丝金卡笑着说，“不，最好我们不看《塞维勒的理发师》，看点什么别的……”

“是的，好，看点别的，当然，那样更好。唉，我倒真忘记了……”

我们一边谈着一边走着，正所谓坠入五里雾中，如醉如痴，忘乎所以。有时站住，絮絮私语，说个不停；有时又走动起来，信步由缰，不知所往。一会儿嘻嘻笑笑，一会儿饮泣连声……有时，娜丝金卡突然想回家去，我不敢制止她，又想一直送她到家门口，于是又转回来，经过一刻钟光景，我们又回到沿河路我们那条板凳旁边。有时她忽然一声长叹，泪水夺眶而出，我不由得心惊肉跳，浑身发冷……但是，她立刻又紧握着我的手，拖着我继续散步，说东道西，无尽无休……

“现在是时候了，是回去的时候了，我想大概很晚了。”最后，她说，“够了，我们不要再孩子气了！”

“是的，娜丝金卡，不过我现在简直是无法入睡，我不会回家的。”

“我大概也睡不着，那么你送一送我吧……”

“一定！”

“不过这次我们一定要走到我家住房的门口分手。”

“一定，一定……”

“是实话吗？……说真的，迟早总要进门啊！”

“是实话。”我笑着说……

“好，我们走吧！”

“走吧！娜丝金卡，您往天上看看，您看啊！明天肯定是个美妙的日子，多么蓝的天啊，月亮多么好看！看啊，一朵黄色的云彩就要遮住月亮了，快看，快看！……不，它从旁边滑过去了。看啊，看啊！……”

但是，娜丝金卡没有看那朵彩云，她站在那里一声不响，一动不动。一分钟后，不知为什么，她胆怯地紧紧地贴近我，握在我掌中的手颤抖起来；我看了看她，她更紧地倚着我，支撑着身子。

这时，一个年轻人走过我们身边。突然，他停住脚步，仔细地看了看我们，接着又往前走了几步，我的心颤抖起来。

“娜丝金卡！”我低声地问，“这是谁，娜丝金卡？”

“是他。”她悄悄地回答着，更紧地靠着我，颤抖得更厉害……我双腿无力，勉强支撑着。

“娜丝金卡！娜丝金卡！是你吗？”我们背后响起了呼唤声，同时年轻人朝我们走近几步……

天啊，什么样的呼唤啊！她一下子惊跳起来，挣脱我的手，飞似的迎着他跑去！……我站在那里望着他们，目瞪口呆。她刚刚拉起他的手，将要投入他的怀抱，忽然又向我转回身来，一下子飞落到我身边，快如疾风闪电。我还来不及清醒过来，她就双臂紧搂住我的脖子，用力地、热烈地亲吻着我，接着一个字没说，飞快地跑到他面前，拉住他的双手，拖着他一起去了。

我久久地站在那里，望着他们的背影……最后，他们两个从我的视线中消失了。

清晨

我的夜晚在清晨时分结束了。天气不好。雨下个不停，哀怨地敲打着我的窗户，小房间里十分昏暗，院子里灰蒙蒙的。我的头脑涨痛、昏昏沉沉，四肢酸疼不已，大概疟疾悄悄地侵入了我的肌体。

“老爷，有你一封信，是市局邮差送来的。”玛特辽娜在我头边急促地讲着。

“信！谁寄来的？”我喊着，从椅子上跳起来。

“不知道，老爷，你自己看吧，或许，那儿写着谁寄的呢。”

我拆开来信。这是她写的！

“噢，宽恕我，宽恕我吧！”娜丝金卡给我写道，“跪着向您哀求，宽恕我吧！我欺骗了您，也欺骗了自己。这仿佛是一场梦，一种幻影……我为您今天痛苦得要死。宽恕我，宽恕我吧！……

“不要怪罪我，因为我丝毫没有改变对您的初衷；我说过，我要爱您，直到现在我还是爱您，非常爱您。天啊！如果我能同时爱你们两个！噢，假如您能是他！”

“假如您能是他！”这句话在我脑海中一闪而过。我回想起了你曾说过的话，娜丝金卡！

“苍天可鉴，我恨不得为您去赴汤蹈火！我知道您非常沉痛，十分悲伤。我委屈您了，不过您知道，‘如果爱情是真情实意，受的委屈会很快忘记’，而您是真正爱我的！

“感谢您！是的！感谢您这种真正的爱！因为在我的记忆里，这种爱将留下深深的烙印，像一场甜蜜的梦，即或醒来也会长久地记住它。使我永志不忘的一刻是您以兄妹之情，向我剖白自己的一切，同时，还郑重而仁慈地接受了我奉上的那颗饱受致命打击的心，精心护理，倍加珍爱，您治愈了我心灵上的创伤……假如您肯宽恕我，那么对您的怀念将更加崇高，我内心将对您充满永世长存的感恩之情，它无论何时也不可能从我心灵上磨灭……我将保留着这种怀念，忠贞不渝，永不变心，决不背弃自己的初衷。事实证明，我的心是足够坚定的。就在昨天，我的心多么快就归还了它终身所属的人。

“我们还会见面的，您会来看我们的，您不会抛开我们的，您永远是我们的朋友，我的哥哥……您见到我的时候，您会向我伸出手来的……对吧？您会把手伸给我的，您已经宽恕我了，是真的吧？您还像从前那样[1]爱着我吗？

“噢，爱我吧，不要抛弃我啊，因为此时此刻我太爱您了，因为我配得上您的爱，因为我理应得到您的爱……我可爱的朋友！下个星期我就和他举行婚礼。他是怀着热恋之情回来的，他从来就没有忘记我。您不要因为我在信里提到他就生我的气。而且我打算和他一道来看望您。您也会爱上他的，是不是？……

“宽恕我们！您要记住，您要热爱，您的娜丝金卡[2]。”

这封信我一遍又一遍地读了许久，满眼热泪，盈盈欲滴；最后，信从我手中落下，我双手捂住了脸。

“男子汉！喂，男子汉！”玛特辽娜叫着。

“干什么，老太婆？”

“我把天花板上的蜘蛛网全都扫干净了。现在哪怕你结婚，请客，都正是时

---

1 原文为斜体字。
2 原文为斜体字。

候……”

我看了看玛特辽娜……这是一个精力颇为充沛的年轻的[1]老太婆，然而不晓得为什么她突然在我眼里变得双目无神，皱纹满面，腰弯背驼，老朽不堪了……不知道由于什么，我觉得我住的房间也变得和老太婆一样老了。墙壁和地板已经褪色，一切都昏暗无光，蜘蛛网显得更多了。不懂得是什么原因，当我望着窗外时，我感到对面那幢房屋也破败得很，同样毫无光彩，廊柱的灰皮已经斑驳脱落，屋檐黑乎乎的，出现了裂纹，连平日墙壁上那刺眼的深黄色也变得深浅不匀，十分难看了……

阳光从层层乌云的缝隙中突然探出头来望了一眼，立刻又躲到雨云背后去了。我眼前的一切重又暗淡无光了。或许在我面前闪现的如此冷漠凄凉的，正是我未来的前途吧。于是我看见了自己十五年后的情景和现在一样，只是我变得苍老了，住的依然是这同一个房间，仍旧如此的孤独，陪伴我的还是这位经过那么多年一点也没变得聪明起来的玛特辽娜。

难道我会忍心记住我所受的委屈吗，娜丝金卡！难道我会忍心在你明朗而恬静的幸福生活上投下乌云的暗影吗！难道我会忍心苦苦责难，使你忧心忡忡，用暗中的折磨伤害你的心灵，迫使它在欢乐的时刻也要痛苦地颤抖吗！当你和他双双走上教堂祭坛的时候，难道我会忍心揉皱哪怕是一朵你编入黑卷发里的鲜花吗！……噢，不会那样！永远不会那样！但愿你的天空永远晴朗！但愿你那可爱的微笑永远畅快而恬静！但愿你永远幸福，因为你曾让另一颗孤独而高尚的心灵获得过一分钟的欢乐和幸福！

我的天啊！整整一分钟的欢乐！即使在一个人整个的一生中，这还能算少吗？……

---

1 原文为斜体字。

鉴评：被爱情照亮的平凡人生

心中郁积着的东西太多，一遇到适当的对象就会倾泻而出，这倾泻之流，以不可阻挡之势冲垮了人与人之间的樊篱、日常生活的规范与习惯的框格，迅速地达到了心与心的坦诚相见，这就是我们在这篇小说的“第一个夜晚”中所见到的一对男女的情状。

这种突发于某个固定时间的感情，既是某种已持续多时的存在状态的产物，也是对某种存在状态的逆反。这一对男女无一不是孤独者，他们都过着孤独的生活，他们又无一不是竭力要冲破这种状况，突围而出，正是在此时刻，他们萍水相逢。

关于他们各自的孤独状况，说来实在有点凄凉，对此我们不能一笔带过，应该具体加以指明：

男主人公这样形容自己的孤独生活：“他多半定居在某个难以接近的角落里，仿佛藏身其中，甚至躲避着阳光。只要一钻回去，就根生在自己的角落里，像一只蜗牛，起码也相当近似被叫作乌龟的那种人走家搬的饶有趣味的动物。”而他这种生存状态的形成，则是因为他一方面怀着热烈的理想，另一方面所见到的却是一片灰暗陈腐和平淡无奇，而且还要受尽这种生活的煎熬。当娜丝金卡问他“您难道没有和谁说过话吗?”，他的回答是：严格地说，和谁也没有说过话。这样，他当然老早就在寻找一个能说得上话的人，他的话要像河水一样奔流出来，要不会憋死。

少女的孤独倒不是人身方面的，而是精神与感情方面的。她被关在家里，就像一只小鸟被关在笼子里，而且，还有叫她寸步难离老祖母的那枚可笑而又可恨的别针。她为了冲出这个笼子，与青年房客私订终身，她在孤独中期待着他前来携她出走竟达一年之久，这时，她正面临着人生的关键时刻，她焦急地在等待着自己情人的出现。

这样两个同是要冲出孤独的人相遇在一起，只要有具体的氛围条件、适当的契机与合适的话头，他们就会相识并很容易成为互诉衷肠的朋友，何况他们又是一对男女青年。这样，他们之间很快就产生了一种我们可以名之为爱情的东西，这种东西，由于两人刚刚相识，由于两人不同的处境与心情，由于相识后事情变化的迅速以及两人关系的依存性，而变得非常微妙、含混与复杂。

从男主人公方面来说，他一直在孤独中渴望着爱情，他对这样一个令人怜爱而又可爱的少女产生爱情是很自然的。然而，这只是他内心深处的情感，他的情人身份是在最深里层的。由于以上所提到的那些原因，他外层的身份只是一个萍水相逢的路人，然后，再深一层，他主要是充当与扮演一个兄长式的保护人的角色，他的情人身份正是藏在这个保护人身份的背后。这样，他的语言、语调与表态中自然就有了三种不同的身份所带来的三种不同的成分。有时是路人身份所带来的仿格体，即仿照日常生活与日常交往规范的外层面上的语言与表态，有时是保护人身份所带来的亲近体贴、关怀照顾、高尚、自我克制的风度，而当对方由原来的被保护人的地位移向施爱者的地位时，他那本来不敢轻易逾越一步的恋人身份就破门而出，带来了一种天真的、欢乐的爱之情态。在整篇小说里，他的情态就是如此游移在三个临界线上。当然，随着事情的发展，逐渐居于主导地位的只剩下两个身份，即兄长式的保护人身份与恋人的身份，而他这两个不同的身份则使他的感情愈来愈明显地二元化。也可以说，在他的意识深处，愈来愈显露出兄长式的利他与恋人式的利己两种不同的倾向，形成了这两种倾向潜在的对立与不止一次的互相转化，而每转化一次，两种倾向、并存的二元之间的界限就愈加淡化、模糊，最后形成了一种既像是具有高尚友谊风格的爱情，又像是充满了爱心的深挚友情之微妙混合体，一种近乎柏拉图式的爱情。

从女主人公方面来说，她身上也存在着一系列对立的范畴。首先，是她昔日的爱情与眼前的爱情的对立，对昔日的爱情，她不由自主地游移于对立的二元之间，即由深沉执着、忠诚不渝变为失望抱怨、愤然逆反，最后又由失望抱怨、愤然逆反复归为深沉执着、忠诚不渝。对眼前的邂逅，她更是在二元对立之中游移，她游移于回避与接受之间，游移于被保护者的地位与施爱者的地位之间。她在认清了并面对着男主人公作为保护人与恋人的两重性时，她的态度也是两重性的，她的反应也是“复调的”。对于一个保护人与兄长，她是欣然接受的；对于一个恋人，她却是小心回避的。然而，在欣然接受一个兄长与保护人的时候，她又不自觉地乐于看到兄长的背后有一个恋人，在这个意义上，她那句“可千万别爱上我”，既可说是对对方的告诫，也可说是对于两人之间已有的爱情成分的明确化。另外，她在乐于看到兄长背后有一个恋人的同时，又相当强烈地希望这个恋人始终穿着友情的衣装，因此，她那句“可千万别爱上我”则又另具意味，它既是对明确存在的爱情事实这一前提的确认，也是对这种爱情的回避。她语言中的复调、语言中的明确意义与含混意味、表层意识与深层意识，正是她在特定状态下两重性的反映，这种特定状态就是她的等待。她正在焦急地等待着决定自己命运的那个结果，而随着这个结果愈来愈不妙的前景，随着她所长期等待的情人迟迟不来，随着她失望的情绪迅速增长，她身上对立的二元也就发生了戏剧性的位移，她眼前的爱情取代了昔日爱情的优胜地位，她从回避这一爱情的立场变成接受的立场，从一个被保护人的地位转化到施爱者的地位。她顺应他们交往的自然逻辑，开始谈论他们即将开始的共同生活，她的谈论，既像是对眼前等待的绝望痛苦的麻醉，又像是对未来可能幸福的向往。

事情还没有结束，最后还有更戏剧性的变化。当女主人公长期等待的那个情人出现时，她又从刚才绝望时反常的“异化”急速地复归，立即投入了昔日情人的怀抱，与他携手而去。这一变化表明了她昔日的爱情在她内心里牢固的地位，表明了她只要是对昔日的爱情抱有信心，她就会忠诚不渝，只不过，最后她面前又多了一个问题，那就是她在自己“异化”的那一时刻，主动接受了眼前这个恋人的爱情，真可谓覆水难收。因此，当她从“异化”而复归到她原来的被保护人的立场时，她本来那友情与爱意相混的内心中，又发生了新的变化，那就增添了一份沉重的对对方的歉愧之情与负罪感，而所有这一切最后又升华并明确为一种特殊的爱情，即柏拉图式的爱情，正如她最后那封信所表明的那样。

这就是我们所看到的否定之否定、呈螺旋形上升的心灵运行的轨迹，“你”中有“我”、“我”中有“你”的复杂含混的内心情态。在这里，到处都有两重色调、两种成分、两种声音、两种意味、两种表情，它们不断运转，不断转移，不断化合，如此丰富多变的爱情形态，如此层层深化的爱情心理，如此出色的爱情心灵辩证法，正显示出了作者陀思妥耶夫斯基的复调小说艺术的高超。

“复调小说”论，是俄国著名学者、批评家巴赫金在对陀思妥耶夫斯基作品的研究基础上提出的一个理论，它不仅概括了陀思妥耶夫斯基小说中的艺术特征，而且也作为一种小说研究方法、批评方法在二十世纪文艺理论中占有重要地位。在巴赫金看来，陀思妥耶夫斯基的小说之所以是“复调小说”，不仅因为他小说中的思想内容是“复调的”，即有多种思想的并存，而且还因为他小说中的人物形象也是“复调的”，即这些人物形象都有独立的思想生命，不是作者思想的扮演者与傀儡；而在这些人物形象身上，又存在着“复调”，存在着“深刻的双重性与多重含义”。我以上只不过借用巴氏的方法对人物的感情心理略作解析而已。这种解析是必要的，如果不经这一番解析，我们对人物身上的双重性与多重含义就不可能有深入的理解，而双重性与多重含义，正是我们这个选集所要证明的人类爱情心理的一种重要形态。

这种形态的爱情心理，我们不妨称之为“临界的爱情”，它游移于男女之爱与接近男女之爱的其他情感的临界线上，含蓄、含混是它的态势，深沉真挚的感情与理性的潜在制约是它兼而有之的两大成分，这两种基本成分的结合，又派生出高尚、理解、体贴、克己、谦逊与慷慨。这种临界之爱往往产生于非绝对自由的男女之间，其中总有一方不具有纯粹自由的权利而要受某种义务的约束，或者是在家庭婚姻上所承担的义务的约束，或者是道德、心理上的义务的约束，它两大组成部分之一的理性成分，往往就是来自这种义务。这种在人类两性感情生活中具有一定普遍性的爱情，以自己的魅力与风致，也曾给历来的文学家带来创作的灵感，使文学中多有了些别具一格的爱情篇章，在欧洲文学中，福楼拜的长篇小说《情感教育》中毛漏与阿尔鲁夫人的温情脉脉，易卜生的剧本《娜拉》中娜拉与阮克大夫之间的缕缕情丝，就是两个著名的先例。

也许正是为了写出这种对人类来说具有某种普遍意义的爱情心理，写属于人而不仅属于某一个人的爱情心理，陀思妥耶夫斯基在这篇小说里采取了淡化某些具体规定性的方法，他没有赋予男主人公以姓名，没有指明他的身世、经历与职业；而女主人公，也只有一个爱称，而没有姓氏，从而使两个人物都具有某种程度的概括性。显然也是为了集中写出人的这种感情，作者把一切都集中在彼得堡的四个白夜，集中在女主人公人生道路上的关键时刻，集中在人物的精神处于高度紧张状态的一瞬间，让所有的过程、所有的关系、所有的矛盾、所有的变化发展，都集中于一个共时之中。而且，作者采取了戏剧化的形式，让相当大的篇幅全都以人物的对话组成，几乎完全摒弃了本人的分析与描述。而这些对话又具有极大的表面张力，它们呈示出了人物独立的思想生命与情感生命，是陀氏复调小说艺术的重要手段，同时，它们又集中表现了处于共时之中的一切成分，不失为陀氏共时艺术的一个范例。

图书在版编目(CIP)数据

我的吻落下,快乐如火炭 / 柳鸣九主编. —郑州:河南文艺出版社,2020.10

(世界最佳情爱小说)

ISBN 978-7-5559-1018-3

Ⅰ.①我… Ⅱ.①柳… Ⅲ.①中篇小说-小说集-世界②短篇小说-小说集-世界 Ⅳ.①I14

中国版本图书馆 CIP 数据核字(2020)第 162023 号

选题策划 张 娟
责任编辑 张 娟
书籍设计 吴 月
责任校对 梁 晓
责任印制 陈少强

出版发行 河南文艺出版社
本社地址 郑州市郑东新区祥盛街 27 号 C 座 5 楼
邮政编码 450018
承印单位 河南新华印刷集团有限公司
经销单位 新华书店
开　　本 890 毫米×1240 毫米 1/32
印　　张 6.25
字　　数 175 000
版　　次 2020 年 10 月第 1 版
印　　次 2020 年 10 月第 1 次印刷
定　　价 40.00 元

印厂地址 郑州市经五路 12 号
邮政编码 450002 电话 0371-65957864

(经多方努力未能联系上的作者及译者,敬请见到本书后联系出版社,我们诚盼为您奉上稿酬。联系电话:0371-61659971)

国家出版基金项目
NATIONAL PUBLICATION FOUNDATION

孫燕京　張研　主編

社會·社會救濟

督辦江蘇運河工程局季刊（第十三期）
督辦江蘇運河工程局季刊（第十四期）

大象出版社